EL BARCO DE VAPOR

El negocio de papá

Alfredo Gómez Cerdá

Primera edición: enero 1996
Vigésima tercera edición: noviembre 2010

Dirección editorial: Elsa Aguiar
Imagen de cubierta: Federico Delicado

© Alfredo Gómez Cerdá, 1996
© Ediciones SM
   Impresores, 2
   Urbanización Prado del Espino
   28660 Boadilla del Monte (Madrid)
   www.grupo-sm.com

ATENCIÓN AL CLIENTE
Tel.: 902 121 323
Fax: 902 241 222
e-mail: clientes@grupo-sm.com

ISBN: 978-84-348-4804-7
Depósito legal: M-21587-2010
Impreso en la UE / *Printed in EU*

1 Primera semana

Yo, la verdad, no sé qué hago aquí, tumbado en esta cama, o en esta camilla, o como se llame esto. Es un poco grande para mí, preferiría estar sentado en una silla. Tengo entendido que al psicólogo acuden los niños que tienen algún problema, pero le aseguro, señor psicólogo, que yo no tengo ningún problema.

¿Eh...? ¿Prefieres que te llame de tú? No me importa llamarte de tú. A mi profe también le llamo de tú: se llama Daniel, pero le llamo Dani; todos le llamamos Dani. Sí, como quieras, te llamaré Juan José. ¿Juanjo? Bueno, pues Juanjo.

Te decía, Juanjo, que a mí no me pasa nada, pero que nada de nada, te lo aseguro. Conozco a niños y niñas que van al psicólogo, pero es porque ellos sí que tienen problemas. Ramón, por ejemplo, se mea encima. Tenías que conocer a Ramón. No, no creo que lo conozcas, porque él va a una psicóloga llamada Rita. ¡Sí conoces a Rita...! Pues Ramón es genial, tiene una imaginación más grande que esta casa. ¡La de cosas que se inventa! Cuando nos las cuenta a los amigos nos deja a todos con la boca abierta, y se emociona tanto contándolas que se olvida de que tiene ganas de ir al servicio. ¿Comprendes, Juanjo? Por eso le pasa lo que le pasa: casi todos los días vuelve a su casa con los pantalones mojados. La culpa la tiene su imaginación, es que él siempre está... como en otro mundo. ¿Tú crees que eso podrá arreglarlo Rita?

Marisa va también al psicólogo porque ya ha repetido dos cursos. No estudia nada y saca unas notas horrorosas. Sus padres piensan que el psicólogo le va a hacer estudiar, pero yo sé que están equivocados. A mí, Marisa me ha contado la verdad. Me lo dijo un día, al salir del colegio.

—¿Tú qué vas a ser de mayor? —me preguntó.

—Ingeniero y escritor —le respondí, porque esas dos cosas quiero ser de mayor.

—¿Y para ser ingeniero y escritor habrá que estudiar mucho? —volvió a preguntarme.

—Muchísimo.

—Pues yo aún no lo tengo decidido. Estoy dudando entre cajera de supermercado y peluquera. ¿Tú crees que hay que estudiar mucho para eso?

—Nada —le respondí con seguridad.

—Es lo que pienso yo.

Por eso Marisa no se molesta en estudiar, y ningún psicólogo del mundo la hará cambiar. ¡Si conoceré yo a Marisa!

Sí, sí, Juanjo; yo quiero ser ingeniero y escritor. Estoy completamente seguro. Ya sé que hay que estudiar mucho, pero eso no me asusta: desde que empecé a estudiar saco las mejores notas de la clase. Lo de los cinco suspensos de la última evaluación fue... un accidente premeditado. ¿No lo entiendes? Ya te lo explicaré más adelante. También voy a una academia de música, donde aprendo solfeo y a tocar el violín. Pero de mayor no quiero ser músico, sólo ingeniero y escritor. Ingeniero para construir cosas que los hombres puedan utilizar. Y escritor para contar en los libros lo que siento por dentro. Sé que son dos trabajos muy difíciles. Si supiera escribir, por ejemplo, no tendría que venir aquí, ni sentarme en esta camilla o lo que sea esto, ni contarte cosas... Me bastaría con escribir un libro y que tú lo leyeses.

Pero... ¡qué difícil es escribir! ¿Lo has intentado alguna vez, Juanjo? A veces me sucede que tengo la cabeza llena de ideas, de personajes, de aventuras..., entonces cojo un bolígrafo y unos folios y trato de escribir. Quiero trasladar esas cosas que dan vueltas y vueltas dentro de mi cabeza a los papeles, para que así los demás puedan leerlas y sentirlas como yo las siento. Pero no me sale nada y, si algo consigo escribir, no es lo que me daba vueltas en la cabeza. A veces también lo intento con el ordenador, pero me ocurre lo mismo.

No, si yo no me desanimo por eso. Sé que soy pequeño todavía. He repasado la historia de la literatura y he comprobado que ningún escritor publicó un libro a mi edad. Sé que cuando sea mayor lo conseguiré. Sí, estoy convencido. Ya ves, soy un tipo con las ideas claras, seguro de sí mismo, responsable y trabajador. ¿Acaso lo dudas? Por eso te decía que no sé qué pinto aquí. Pero mis padres se han empeñado en traerme, sobre todo después de los cinco suspensos. Sí, creo que los cinco suspensos han sido la causa.

¿Aún no te he dicho mi nombre? Pensaba que ya lo sabías, que te lo habían dicho mis padres cuando acudieron aquí para que tú..., para que... pues eso, hablásemos, me tratases, o lo que hagáis los psicólogos, que yo no sé muy bien lo que hacéis con la gente. Y no te enfades, pero es la verdad; no sé para qué sirve un psicólogo, aunque estoy seguro de que para algo servirá. Pues sí, pensaba que ya sabías cómo me llamaba. Me llamo Tomás. Algunos me llaman Tomi, pero no consiento que nadie me llame Tomasín.

A mi familia ya la conoces, por lo menos a mis padres. ¿Quieres saber más cosas de mi familia? Mi padre se llama Ricardo y mi madre María Luisa.

Yo soy el pequeño de tres hermanos: Julio es el mayor, y luego va Conchi. Julio tiene dieciocho años y Conchi acaba de cumplir los dieciséis. Mis padres sólo querían tener dos hijos, y estaban muy contentos con Julio y Conchi, un niño y una niña. ¡Qué más podían pedir! Pero al cabo de unos años aparecí yo.

¡No, no, Juanjo! Te aseguro que nunca me he sentido menos querido que ellos. Al contrario, si preguntas a mis hermanos te dirán que yo soy el ojito derecho de mis padres, el niño mimado, el consentido..., y todas esas tonterías que suelen decirse. Y yo creo que es verdad, a mis padres les hizo mucha ilusión que al cabo de unos años apareciese yo.

Pero si quieres saber más cosas de mi familia, tengo que hablarte también de mis abuelos. Mis abuelos maternos se llaman Diego y Carmela, y los paternos, Benito y Ramona. Además, están mis tíos Jacinto, que es hermano de mi madre, y Elvira, su mujer. Raquel es hija de mis tíos y, por tanto, mi prima. Tengo otros tíos, otros primos y otros familiares más lejanos; pero los más próximos son los que te he dicho. A lo mejor te haces un lío con tanto nombre, pero si seguimos hablando de mi familia, ya los irás conociendo mejor a todos.

Cuando mi padre era como yo, poco más o menos, no sabía muy bien lo que sería de mayor. Tenía varias ideas. En primer lugar, quería ser piloto de aviones, pero no de aviones de pasajeros, sino de aviones de combate. Él me explicó en una ocasión que esa afición le vino después de leer muchos tebeos de guerra, en los que los aviones de un bando combatían en el aire contra los del otro bando. Pero su ilusión de ser piloto se derrumbó cuando cumplió los doce años.

—El niño se acerca mucho a los libros para leer —le dijo mi abuela Ramona a mi abuelo Benito—. Y cuando ve la tele, arruga los ojos de una manera muy extraña.

—Habrá que llevarlo al oculista —respondió mi abuelo Benito.

El oculista sentó a mi padre en un sillón y le señaló un cartel blanco lleno de letras que estaba colgado de la pared de enfrente. Mi padre leyó las cuatro primeras filas, pero en la quinta se atascó y ya no pudo seguir.

—Este niño es miope y deberá usar siempre gafas —dijo el oculista—. Ahora mismo les doy la tarjeta de un óptico amigo mío, que les hará un buen descuento.

Otra de las ilusiones de mi padre era ser bailarín. Sí, ya sé que parece algo raro. Mis abuelos, ante su insistencia, lo llevaron a la academia de baile de Giorgio Revuelta, y le compraron unas mallas blancas muy ajustadas, y unas zapatillas de baile... Al cabo de tres meses, Giorgio Revuelta habló con mis abuelos.

—El chico tiene voluntad —les dijo—. Pero, claro, es un poco patizambo y tiene los pies planos. Mi consejo es que se dedique a otra cosa.

Mi padre tenía una lista de las cosas que quería ser. La lista la había escrito en una cuartilla y la cuartilla la había clavado con chinchetas en una de las paredes de su cuarto. Y en esa cuartilla, y por orden de preferencia, podía leerse: piloto de aviones, bailarín, delantero centro de un equipo de primera división, locutor de radio, domador de leones, policía secreta, bombero, cura y carpintero. Y una a una, no sin pena, fue tachando todas aquellas actividades o profesiones que le hubiese gustado ejercer. Tachó todas menos una, la última.

A los dieciséis años entró a trabajar de aprendiz en la carpintería de Balta. Y no se arrepintió, ya que descubrió enseguida que para ser carpintero no importaba ser miope, ni patizambo, ni tener los pies planos... Le encantaba ensamblar las maderas y crear todo tipo de muebles: mesas, sillas, librerías, armarios... Cuando barnizaba se colocaba una mascarilla para no aspirar los gases tóxicos.

Poco después conoció a María Luisa, mi madre, y se hicieron novios.

Mis abuelos Diego y Carmela le preguntaban a mi madre:

—Y ese novio que te has echado, ¿a qué se dedica?

—Es carpintero.

—¡Carpintero! —exclamaban mis abuelos, llevándose las manos a la cabeza.

Mi abuelo Diego era militar; pero no vayas a creerte que era general o coronel, o algo así, y que llevaba la pechera del uniforme llena de medallas. ¡Qué va! Era sargento y, por lo que tengo entendido, los sargentos mandan poco. Mi padre siempre le llamó chusquero, claro, cuando él no estaba delante. A veces, mi madre se enfadaba con él por ese motivo.

—¡Te he dicho que no llames chusquero a mi padre!

—Tu padre es un chusquero con humos de teniente general. Y se cree que todo el día está en el cuartel y que todos estamos a sus órdenes.

Yo algunas veces le pregunté a mi padre, cuando no estaba mi madre delante:

—Oye, papá, ¿qué quiere decir chusquero?

—Ya lo sabrás cuando hagas el servicio militar —siempre me respondía lo mismo.

Yo no sé, Juanjo, si tú sabrás lo que quiere decir chusquero. Un día busqué la palabreja en el diccionario que hay en casa, pero no viene. Allí sólo encontré *chusco*. Mi abuelo Diego ya está retirado del ejército por la edad, así que, si ya ha dejado de ser sargento, también habrá dejado de ser chusquero, digo yo.

Pero te estaba hablando de cuando mi padre se hizo novio de mi madre. Eran muy jóvenes los dos. Mi madre iba a buscarlo a la salida del trabajo y daban un paseo por la orilla del río. Mi padre hacía muchos planes para el futuro:

—Cuando aprenda bien el oficio, alquilaré un pequeño local y me estableceré por mi cuenta. En la puerta colgaré un cartel en el que se lea: CARPINTERÍA RICARDO. Trabajaré mucho y ahorraremos para comprarnos un piso y luego para ampliar el negocio.

Posiblemente, mi padre pronunció la palabra *negocio* por primera vez en esos paseos que daba con mi madre cuando eran novios, por la orilla del río. Mi madre no trabajaba, porque mis abuelos Diego y Carmela piensan que las mujeres no deben trabajar, y bien que se lo reprochaban mis abuelos Benito y Ramona a mi padre.

—Si María Luisa trabajase, como hacen otras mujeres, os sería mucho más fácil ahorrar —decía mi abuelo Benito.

Mi abuela Ramona pensaba lo mismo, pero no decía nada porque siempre ha sido muy prudente.

Cuando mis padres se casaron, ya habían comprado un piso en las afueras de la ciudad, un piso

13

barato y, por supuesto, pequeño. Y cerca del piso, en una zona dedicada a locales comerciales, alquilaron una pequeña nave, donde instalaron la carpintería. Encima de la gran puerta de entrada, mi padre colocó un panel de madera, sobre el que antes había escrito con unas letras preciosas y grandes, para que pudiesen verse desde lejos: CARPINTERÍA RICARDO.

¿Eh...? Claro que me acuerdo de ese cartel, y de la carpintería. Ten en cuenta, Juanjo, que la decisión de cambiar de negocio la tomó mi padre hace tan sólo dos años. Y hace dos años yo ya era un niño despierto, que me daba cuenta de lo que sucedía a mi alrededor. No es que quiera presumir para impresionarte; pero tantas veces me han repetido que soy un niño muy inteligente, que he llegado a creérmelo. ¡Pero no voy por el mundo en plan de asqueroso pedante empollón sabelotodo! ¡Te lo aseguro, Juanjo! Simplemente, reconozco que saco las mejores notas de la clase, que mis profes dicen a mis padres que soy muy listo, que en esas pruebas que nos hacen de vez en cuando saco la puntuación más alta... ¡Qué le voy a hacer! Te aseguro que los cinco suspensos de la última evaluación no significan que vaya a cambiar.

Pues te decía que me acuerdo de ese cartel perfectamente. Hombre, Juanjo, hay cosas de las que no me puedo acordar; por ejemplo, si te hablo de cuando mis padres eran novios, o de cuando se casaron, o de cuando mi abuelo Diego era chusquero... Esas cosas las sé porque a mí me gusta escuchar a los mayores, y a los mayores les gusta contarlas.

Cuando hablan los mayores yo me aparto un poco de ellos, porque he comprobado que si me quedo muy cerca siempre acaban echándome.

—Vete a tu cuarto a jugar —me dicen.

Pero si me coloco en un rincón de la habitación y simulo que estoy leyendo un libro, ellos se olvidan de mi presencia y hablan y hablan. A base de escuchar conversaciones, he reconstruido la historia entera de mi familia. Además, he contado con la ayuda de mi prima Raquel. Ya te he dicho que Raquel es hija de mi tío Jacinto, hermano de mi madre, y de mi tía Elvira.

—Yo te cuento lo que dicen mis padres cuando no están los tuyos delante, y tú me cuentas lo que dicen los tuyos cuando no están los míos —le propuse a Raquel.

—De acuerdo —Raquel también está muy interesada por conocer la historia de nuestra familia.

Pero, Juanjo... ¿no querrás que te cuente todo lo que sé de mi familia? ¡Ah, bueno! Es que hay cosas que son... muy personales, ¿sabes? Yo creo que lo que a ti más te interesa saber es lo de los cinco suspensos. ¡Claro! ¡Ya me lo imaginaba! Es por eso por lo que me han traído aquí. Pero que conste que no estoy desequilibrado, ni tengo problemas extraños de personalidad, ni traumas, ni nada por el estilo. Creo que soy un niño normal y corriente, y lo que he hecho sólo podría hacerlo un niño normal y corriente.

A mi padre siempre se le ha dado muy bien trabajar con las manos.

—Tu padre es un manitas —suele decirme a menudo mi abuela Ramona—. Lo es desde pequeño. Cualquier cosa que se estropeaba en casa, él la arreglaba.

En eso, mi padre y yo no nos parecemos. Yo soy todo lo contrario, es decir, un manazas. Todo lo que toco lo estropeo. Si, por ejemplo, se para un reloj y yo trato de arreglarlo, es seguro que el reloj acabará en la basura sin remedio. Tengo claro que yo no podré abrirme camino en el mundo con las manos, pero espero poder hacerlo con la cabeza.

Te cuento esto, Juanjo, porque yo creo que mi padre era feliz con su pequeño taller de carpintero. Se sentía a gusto en aquel barrio de la periferia, a pesar de que el piso donde vivíamos era muy pequeño, a pesar de que trabajaba un montón de horas al día, a pesar de que ganaba lo justo para ir tirando...

Los domingos solían venir a comer a casa los abuelos. Un domingo, mis abuelos Diego y Carmela, es decir, mis abuelos maternos; y al siguiente, mis abuelos Benito y Ramona, es decir, mis abuelos paternos. Otras veces éramos nosotros los que íbamos a comer a casa de los abuelos.

Mi abuelo Benito —me parece que no te lo he dicho todavía— era cajero de un banco muy importante cuando se jubiló. Me ha contado a mí que por sus dedos han pasado millones y millones de pesetas. No sé si será por eso, pero tiene unas manos finas, blancas, con dedos muy largos. Es como si los dedos se le hubiesen alargado de tanto contar billetes. A veces, mi abuelo Benito se quedaba mirando las manos grandes, fuertes y encallecidas de mi padre.

—¡Ay, hijo mío, qué manos! —suspiraba—. Si me hubieses hecho caso a mí cuando te aconsejé hacer oposiciones a banca..., pero tú en aquella época estabas empeñado en ser bailarín. Y ahora, fíjate en lo que te has convertido.

—En carpintero —le respondía mi padre—. No veo qué tiene de malo ser carpintero.

—No, nada; si hay gente que gana mucho dinero con esas cosas. En unos años se hacen de oro y luego se dedican a controlar sus negocios, como señoritos.

—Pero yo no quiero ser un señorito.

Mi abuela Ramona, aunque era muy prudente,

de vez en cuando también terciaba en la conversación:

—Tu padre tiene razón —decía—. Llevas más de diez años con esa carpintería y seguís como el primer día.

—No creas, mamá —mi padre trataba de convencerlos de que las cosas no eran como el primer día—. Ya hemos pagado todas las letras del piso y además he comprado el local de la carpintería.

—Pero te estás dejando la vida en ese tallercito.

—Todos nos dejamos la vida en algún sitio.

—Lo que quiero decir es que aún eres joven; pero ¿qué pasará cuando te hagas mayor?

Yo sé que a mi padre no le gustaba nada hablar de estos asuntos y, cuando los demás los sacaban, él acababa de mal humor, viendo un partido de fútbol por la tele. A mi padre no le gusta el fútbol, pero cuando está enfadado siempre se pone a ver un partido. Tiene varios partidos grabados en vídeo y siempre ve los mismos una y otra vez, se los sabe ya de memoria. Mi madre se lo reprocha:

—¡Estás como una cabra! —le dice.

Yo no creo que mi padre esté como una cabra, porque lo cierto es que cuando se pone a ver el partido está muy enfadado y cuando termina se le ha pasado el enfado por completo. ¿Qué...? ¿Que se lo vas a recomendar a alguno de tus pacientes?

Mira tú por donde, a lo mejor mi padre debería haber sido psicólogo, como tú; pero creo que la psicología nunca estuvo en la lista de sus preferencias.

Las discusiones con mi abuelo Diego y mi abuela Carmela eran mucho peor, muchísimo peor.

—¡Mi hija y mis nietos se merecen algo mejor! —era la frase preferida de mi abuelo Diego.

Mi padre se tapaba la boca con una mano y entre dientes murmuraba:

—¡Ya habló el chusquero!

—¿Qué dices?

—No, nada; que a su hija y a sus nietos, como usted dice, nunca les ha faltado de comer y siempre han tenido ropa con la que vestirse.

—Pero no sólo están la comida y el vestido... —intervenía mi abuela Carmela—. Las personas... ¿cómo decirte? Algunas personas necesitan algo más.

—Algo que no puede salir de un tallerzucho de carpintería —añadía mi abuelo, resuelto.

—¿Acaso es mejor un uniforme de sargento chusquero que un tallerzucho de carpintería? —estallaba mi padre.

Cuando mi padre decía alguna frase como ésta, el follón que se montaba en casa era de los gordos, porque entonces intervenía también mi madre, quien le recriminaba a mi padre por lo que ella llamaba falta de respeto hacia sus padres. Te lo imaginas, ¿verdad, Juanjo?

Mi padre, claro, agarraba un vídeo y se ponía a ver un partido de fútbol.

Mi abuelo Diego, cuando se calmaba un poco, como es un forofo del fútbol, se sentaba también a ver el partido.

—¿De cuándo es este partido?

—Del mundial de Argentina.

—¿Y no tienes algo más reciente?

—Sí, pero éste me gusta más.

Yo creo que a mi madre no le gustaba ser la mujer de un sencillo y humilde carpintero. Es duro reconocer estas cosas, Juanjo, te lo aseguro. Uno siempre piensa que sus padres son una misma cosa, como si formasen un bloque compacto, sin ninguna grieta. Pero me he dado cuenta de que no es así. Mi padre es una cosa y mi madre es otra, y de bloque compacto, nada.

¿Dices que es lógico que sea así? Yo no lo niego. Si un psicólogo como tú lo dice, será verdad. Yo lo único que quiero decirte es que los niños, sobre todo cuando somos pequeños, pensamos que nuestro padre y nuestra madre forman un bloque. No creo que la palabra bloque sea la más correcta, pero es la que se me ha metido en la cabeza, y cuando trato de explicártelo siempre me sale. ¡Un bloque! Suena fuerte, ¿verdad?

Pero cuando se marchaban los abuelos y mi padre y mi madre se ponían a discutir, comprendía que no eran un bloque, sino dos bloques. ¡Y dale con el bloque! ¿Tú me entiendes, Juanjo? Pues eso es lo que quería decir.

—¡Yo nunca me he quejado de nada! —gritaba mi madre.

—¡Tú no te quejas, pero en el fondo estás de acuerdo con ellos! —gritaba también mi padre.

—¡Mis padres, y también los tuyos, quieren lo mejor para nosotros! ¿Es que no puedes entenderlo?

—¡Claro que lo entiendo! Pero ¿por qué no nos dejan a nosotros decidir lo que es mejor y lo que es peor?

Yo, en estas ocasiones, solía refugiarme con mis hermanos. O bien me encerraba en mi habitación, que compartía con Julio, o bien en la de Conchi.

Mis hermanos siempre me decían lo mismo:

—No te preocupes, Tomás, ya sabes que los enfados de papá y mamá duran poco. Dentro de un rato ya se les habrá pasado.

En eso tenían razón mis hermanos. Mis padres se enfadan de vez en cuando, como todos los padres del mundo, pero se les pasa pronto el enfado. Al cabo de una hora, o de dos, ya ni se acuerdan de la discusión.

Un día vinieron a comer mis tíos Jacinto y Elvira. A mí me gusta mucho que vengan mis tíos, o que vayamos nosotros a su casa, aunque esto último sucede pocas veces. Mis tíos tienen una casa preciosa en un barrio precioso, al menos eso piensa toda mi familia. Yo, si te digo la verdad, creo que se trata de una casa normal y corriente en un barrio que no tiene ni un solo árbol y que está lleno de cagadas de perro. Eso sí, tía Elvira tiene la casa de punta en blanco: los suelos parecen espejos y los muebles brillan tanto, que parece que tienen luces por dentro de la madera; además hay figuras de porcelana por todas partes, figuras que por lo visto son muy caras. Por eso, son ellos los que suelen venir a nuestra casa. La última vez que estuvimos en la suya, yo me cargué sin darme cuenta un caballo que saltaba un tronco de un árbol. A mí me parecía horroroso aquel caballo, pero tía Elvira se quedó pálida al ver los trozos desparramados por el suelo. ¡Y menuda bronca me echó mi madre! Mi padre trató de arreglar las cosas.

—Me llevo los trozos del caballo y te los pego con una cola de contacto que tengo en el taller —dijo—. Te quedará como nuevo.

No sé por qué tía Elvira no quiso que mi padre le arreglase el caballo. Con lo manitas que es, seguro que le habría quedado perfecto.

Pues te decía, Juanjo, que un día vinieron a comer mis tíos a casa. Yo lo paso muy bien con mi prima Raquel, que es de mi edad y tiene gustos parecidos a los míos. Ella de mayor quiere ser astrofísica y escritora.

Pues ese día, mientras comíamos, mi tío Jacinto le dijo algo a mi padre:

—Cuando veníamos, me he fijado en la zona comercial donde tienes el taller; han cambiado algunos negocios.

—¿A qué te refieres? —le preguntó mi padre.

—Si no recuerdo mal, antes había un almacén de frutas.

—Sí, los dueños lo han cerrado y han abierto un bar de copas para gente joven. ¿Cómo se llaman esos sitios? ¡Un *pub*! Eso es.

—Y un poco más abajo había una casa de persianas y toldos...

—Sí, también la han cerrado y han abierto otro bar.

—¿Y qué me dices de la ferretería?

—Pues lo mismo.

—¿Y la fontanería?

—Ahora que lo dices... Acaban de convertirla también en bar de copas. Sí, es cierto, muchos locales se han convertido en bares últimamente; además, no puedes imaginarte qué nombres tan chocantes buscan: *Cuarta Bocamanga a la Izquierda, Estropajo de Zanahoria, ¡Que me Caigo de Culo!*...

—Tú sí que te caerías de culo si supieses el negocio que son ese tipo de locales. Yo que tú no me lo pensaba dos veces: cerraba la carpintería y convertía el local en un *pub*. El sitio se ha puesto de moda. No hay que gastarse mucho dinero. Nada de decoraciones ostentosas, nada de lujos innecesarios... Una barra bien grande y música a todo volumen. Es lo que los jóvenes buscan.

Así empezó todo, Juanjo.

¿Qué...? ¿Que ya es la hora? Bueno, pues me voy. Sí, claro, volveré la semana que viene. Como tú digas. Yo he prometido a mis padres que vendría. Sí, una vez a la semana. Oye, dime sólo una cosa: ¿tendré que venir durante muchas semanas? ¡Ah! No lo sabes todavía. Bueno, pues hasta la semana que viene, y me alegro mucho de conocerte, Juanjo.

2 *Segunda semana*

¡Hola, Juanjo! Como ves, aquí me tienes de nuevo, no he faltado a la cita. Les prometí a mis padres que vendría y aquí estoy. A mí me gusta hacer lo que pienso y cumplir lo que digo. Es mi forma de ser. ¿Te parece bien? Pues me alegro.

Oye, y hoy... ¿qué vamos a hacer? O mejor dicho, ¿qué vas a hacer conmigo? ¡Nada! ¿Cómo es posible? Yo pensaba que hoy... no sé, me pondrías un tratamiento, o algo por el estilo. Pensaba decirte que el tratamiento no fuesen inyecciones en el culo. ¡Cualquier cosa menos inyecciones en el culo! ¡Me dan pánico! Prefiero tomar toda clase de pastillas, o jarabes, o incluso ponerme un supositorio. ¡Pero inyecciones en el culo no! Y ahora tú me dices que no me vas a recetar nada. Bueno, pues me alegro; pero entonces, ¿qué vamos a hacer hoy?

¡Ah! ¿Quieres que te siga contando cosas? ¿Quieres saber todo lo que ocurrió hasta llegar a los cinco suspensos? ¿Sólo eso? Por mí no hay inconveniente. Yo soy por naturaleza algo parlanchín, ya lo habrás notado.

Creo que la semana pasada nos quedamos en el momento en que mi tío Jacinto le dijo a mi padre que lo que tenía que hacer era quitar la carpintería y abrir un bar de esos en los que sirven la bebida en vasos de plástico y tienen la música a todo volumen.

¿Quieres saber cómo reaccionó mi padre? Pues te lo puedes imaginar.

—¡Tú estás mal de la cabeza! —le dijo a mi tío Jacinto.

—Piensa lo que quieras —se defendió mi tío—. Pero ya sabes que yo tengo buen ojo para los negocios. ¿Cuándo alguno de mis negocios ha funcionado mal?

—Pero yo no valgo para eso.

—Para eso vale cualquiera.

Recuerdo también que esa tarde mi prima Raquel y yo jugamos una partida de ajedrez en mi cuarto. A mitad de la partida, Raquel levantó la vista del tablero y me preguntó:

—¿Tú crees que tu padre hará caso al mío?

—¿Te refieres a lo de convertir la carpintería en un bar? —le pregunté también yo.

—A eso me refiero.

—Seguro que no. Mi padre nunca haría eso —en ese momento estaba convencido de lo que decía.

Luego, mi prima volvió a mirar al tablero y movió una pieza, creo que fue una torre.

—Jaque mate —me sentenció.

Consigo ganar pocas veces a mi prima al ajedrez. Juega muy bien. Ella, además, pertenece a un club de ajedrecistas y allí aprende muchas jugadas. Luego me las enseña a mí; pero no es lo mismo. Creo que aprender esas jugadas de primera mano te da cierta ventaja. Yo siempre las aprendo de segunda mano, por eso suelo perder las partidas.

Es una pena, Juanjo, que mi prima Raquel no venga conmigo. Entre los dos seguro que te contábamos mucho mejor todo lo que pasó. Ya te he dicho que es una chica muy lista. No es por presumir, pero creo que ella y yo somos los más inteligentes de la familia. Podría decirle que se viniera conmigo otro día, pero estoy pensando que sus padres no la iban a dejar. Es que cuando dices que vas al psicólogo, la gente piensa que estás un poco majareta. ¡Ah, ya lo sabías! Claro, lo habrás oído decir por ahí. ¡Y no es verdad! ¡Por supuesto! Mírame a mí, yo no tengo nada de majareta.

Por la noche, a la hora de cenar, mi padre volvió a sacar el tema. Mis tíos, claro, ya se habían marchado.

—¡Vaya cosas que tiene tu hermano Jacinto! —exclamó.

Mi madre se encogió de hombros antes de responder:

—Pues algo de lo que ha dicho es verdad: todos los negocios en que se ha metido le han salido bien.

—No, si yo no discuto que tenga mal ojo para los negocios. ¡Menudo negociante está hecho! —continuó mi padre—. Lo que me sorprende es que me proponga cerrar la carpintería para abrir un tugurio de esos.

—Un bar de copas.

—Es lo mismo.

—De lo que puedes estar seguro es de que lo ha dicho por tu bien.

—¡Por mi bien!

Y a partir de ese instante, mi padre y mi madre su pusieron a discutir acaloradamente. Yo me terminé el postre a toda prisa y me marché a mi habitación. Al poco rato, oí el sonido de la tele: mi padre había puesto uno de sus partidos de fútbol.

Y no sé cómo se enteró todo el mundo tan deprisa. Lo cierto es que cada vez que alguien venía a mi casa, o cada vez que nosotros hacíamos una visita, salía el dichoso tema.

Recuerdo que un día fue mi abuelo Benito quien lo sacó, y, como siempre, lo hizo refiriéndose a las manos. Es que mi abuelo Benito está obsesionado con las manos.

—En un sitio de esos no te machacarías las manos como te las machacas en la carpintería. Además es menos peligroso; que esa sierra que manejas no me gusta nada. Yo conocía a un carpintero que se dejó tres dedos de la mano derecha en la maldita sierra.

—¡Pero papá! —le reprochaba mi padre—. ¿No puedes hablar de otra cosa?

—Bien mirado, un bar de copas no es un barucho cualquiera de los que abundan por todas partes; un bar así tiene... ¿cómo decirlo?, otra categoría. Fíjate que hay hasta quien los llama *pub*, como los ingleses —dijo mi abuela Ramona, a pesar de que solía hablar poco porque tenía fama de prudente.

—¡Pero mamá! —mi padre se llevaba las manos a la cabeza y negaba con obstinación.

—Te aseguro, hijo, que es tu bienestar y el de tu familia lo único que nos preocupa.

De mis otros abuelos..., ¡qué te voy a decir, Juanjo! Ya te he hablado algo de ellos; me refiero al chusquero, quiero decir, al sargento. En cuanto mi tío Jacinto les contó la «genial» idea que se le había ocurrido, se presentaron en nuestra casa.

—¡Qué suerte has tenido, Ricardo! —le soltó mi abuelo a mi padre nada más verlo.

—¿Suerte? ¿Por qué?

—Hombre, no todos los días se pone de moda una zona en la que uno tiene un local.

—Yo no tengo un local, tengo una carpintería.

—No dejes pasar esta oportunidad, muchacho. Si estuviésemos en el ejército, te diría que es una orden. Cuando a la gente joven le da por ir a un sitio, ese sitio se convierte en un diamante en bruto. Todos los jóvenes acuden a él como borregos, como si no hubiese otro lugar en el barrio. Y eso es lo que ha pasado precisamente con el sitio donde tienes el local.

—¡Y dale con el local!

—¡Lo que importa es el local, el espacio...! ¡Que haya una carpintería o una churrería es lo de menos! En dos días se desmonta todo y se prepara el bar. Además, con lo manitas que tú eres te puede salir baratísimo. Tú mismo podrás hacer las reformas.

Creo que aquella tarde mi padre tuvo que ver dos partidos de fútbol seguidos para calmarse.

Durante algunos días hubo un ambiente raro en mi casa. ¿Cómo dices, Juanjo? Pues no sé cómo explicártelo; cuando te digo que el ambiente era raro me refiero a que... el ambiente era raro. Y raro, para mí, significa... raro.

Mis hermanos y yo hablamos mucho del tema, pero nunca en presencia de nuestros padres.

—Julio, ¿tú qué piensas? —le preguntaba a mi hermano.

—Que no.

—Que no... ¿qué?

—Que lo del bar de copas no va con papá. Él se jubilará de carpintero.

—Y tú, Conchi, ¿qué opinas? —le preguntaba también a mi hermana.

—Lo mismo que Julio.

Ellos también me pidieron mi opinión.

—Pues yo... no estoy seguro —les dije.

¿Que por qué ya no estaba seguro? Pues no lo sé, Juanjo, pero tenía esa sensación. A veces me quedaba mirando fijamente a mi padre y lo veía como en otro mundo, concentrado en sus pensamientos. Yo sé que le daba vueltas y más vueltas dentro de su cabeza al asunto. Por él, desde luego, no hubiese hecho nada; pero tanta insistencia le hacía dudar.

Mi padre no es un tipo tan seguro como yo. Él siempre duda y duda, y le cuesta mucho trabajo tomar decisiones. Yo, sin embargo, procuro tener las ideas claras y llevarlas a la práctica de la manera más rápida y directa.

Oye, por cierto, Juanjo, ¿puedo hacerte una pregunta? Verás, estaba pensando qué actitud es mejor: la de mi padre o la mía. ¿Depende? ¿De qué depende? Bueno, bueno... No te molestes, era sólo una pregunta, ya sé que cuando uno va al psicólogo no debe hacer preguntas, sino dar respuestas. Pero ¿sabes lo que te digo?, que pienso que es mejor mi postura que la de mi padre, e imagino que a tu consulta vendrá más gente como mi padre que como yo.

¡Sí, sí...! Dejaré de irme por las ramas. ¿Y por dónde iba entonces? ¡Ah, sí! Pues, en resumen, un día mi padre resolvió sus dudas. No sé si las resolvió personalmente, o tuvo mucho que ver la influencia de la familia. Yo más bien creo que fue lo segundo. Y tú, Juanjo, ¿ya sabes cómo las resolvió?

Nos lo comunicó una noche, de una forma un poco extraña. Ya habíamos cenado y estábamos todos en el salón. Yo leía un libro muy interesante y los demás veían alguna tontería en la televisión. Mi padre se levantó de su butaca y nos dijo:

—Estoy muy cansado, así que me voy a la cama. ¡Ah! Tengo que deciros una cosa: he decidido seguir los consejos del tío Jacinto —y miró a mi madre, quien al momento se puso también de pie—. Así que, en cuanto termine unos encargos pendientes, cerraré la carpintería y cambiaré de negocio.

Mi madre se acercó a él y le dio un beso.

—Ya verás como todo nos saldrá bien —le dijo.

—¡Guau! —ladró mi hermano, como si la noticia le hubiese llenado de alegría—. Se lo tengo que decir a todos mis amigos.

—¿Y qué nombre piensas ponerle al bar? —le preguntó mi hermana.

—El que vosotros queráis —respondió mi padre, como si le diese igual el nombre e, incluso, como si le diese igual el propio bar.

Cruzó el salón despacio y, antes de desaparecer por el pasillo, me descubrió a mí, que estaba sentado en el suelo, semiescondido tras uno de los brazos del sofá, con mi libro abierto entre las manos.

—¿Y tú qué dices, Tomás? —me preguntó.

Yo no dije nada y me encogí de hombros.

¿Te das cuenta, Juanjo? No dije nada y me encogí de hombros. Me he arrepentido muchas veces de esa actitud mía. Ya sé que mi padre había to-

33

mado una decisión y que por lo que yo pudiese decirle no iba a cambiarla. Soy el más pequeño de la familia y mis opiniones no cuentan para nada, pero te aseguro, Juanjo, que me arrepiento de no haberle dado mi opinión. ¡Sí, claro, mi opinión! ¿Tú quieres saberla? Pues mi opinión era que siguiese siendo carpintero.

Si mi padre cambiaba de negocio y abría un bar de copas, dejaría de ser carpintero para convertirse en camarero. Yo creo que es mucho más bonito y divertido ser carpintero que camarero. ¿Tú no? Yo sabía que podía ganar mucho más dinero con el bar, pero no soy tan estúpido como para no comprender que el dinero no da la felicidad. ¡Te ha gustado la frase! Me alegro, Juanjo, pero ya sabrás que no es una frase mía. Yo la he oído por ahí muchas veces. A veces hablo de ello con mi prima Raquel.

En ese momento, lo que estaba en juego era la felicidad de mi padre y de toda mi familia. Así que, sin dudarlo, yo le hubiera aconsejado que dejase las cosas como estaban. Pero me callé y me encogí de hombros. ¡Y cada vez que lo pienso me da más rabia!

Una vez que mi padre terminó los encargos que tenía pendientes, cerró la carpintería y le vendió todas sus herramientas a otro carpintero amigo suyo, incluida la sierra, esa que tanto miedo le daba a mi abuelo Benito.

Fue mi tío Jacinto quien le dio los consejos sobre la decoración del local.

—¡Ni un duro en decoración! —le repetía una y otra vez—. ¡Los jóvenes pasan de decoración! ¡Un mostrador grande y unos buenos altavoces para que la música suene bien fuerte! ¡Y nada más!

—Pero habrá que poner mesas y sillas para que puedan sentarse un rato —decía mi padre.

—¡Nada de mesas ni sillas! ¡Que beban de pie, que así les cabrá más bebida en el cuerpo!

—Por lo menos habrá que pintar un poco las paredes —insistía mi padre—. Están hechas un asco.

—De eso me encargo yo.

¡Y de qué manera se encargó mi tío Jacinto! Lo solucionó hablando con mi hermano Julio.

—Oye, Julio —le dijo—. Seguro que a ti y a muchos de tus amigos os gusta pintar por las paredes. ¿Cómo se llama eso? ¡*Graffitis*! ¡Eso es! Pues quiero que con unos cuantos aerosoles pintéis todas las paredes de la carpintería de tu padre. Podéis hacer lo que queráis; pero, eso sí, no dejéis ni un centímetro cuadrado sin pintar.

—¡Guau! —ladró mi hermano.

Mi hermano Julio tiene esa costumbre: cuando está contento por algo, ladra como si fuera un perro. Sin perder un minuto, comunicó la noticia a todos sus amigos, a los del instituto y a los del barrio; y sus amigos, a su vez, se lo comunicaron a sus amigos... Al día siguiente, por la tarde, se congregaron frente a la carpintería de mi padre por los menos veinte jóvenes provistos de aerosoles, dispuestos a cambiar por completo, y por muy poco dinero, el aspecto del local.

Mi padre se quedó boquiabierto al verlos, pero allí estaba mi tío Jacinto para poner las cosas en su sitio.

—Tú, tranquilo, Ricardo, que los he llamado yo —le dijo a mi padre—. Los chicos darán otro aire a todo esto, el aire que a ellos les gusta. ¿No entiendes?

—Pues no mucho —reconoció mi padre.

—Es muy sencillo. Se han puesto de moda en esta zona los bares de copas, ¿no es eso? Dejemos, por tanto, que sean los jóvenes los que hagan las cosas a su manera. Las cosas superficiales, claro está, que de las cosas serias, como las cuentas, ya te encargarás tú personalmente.

—No sé, no sé... —dudaba mi padre.

—Confía en tu cuñado —le animaba mi tío Jacinto—. Ahora lo que hay que comprar es un potente equipo de música, con unos buenos altavoces. Los discos encárgaselos a tus hijos, a Julio y a Conchi, que seguro que están al día de lo que se lleva. Tomás es demasiado pequeño.

Eso dijo mi tío, Juanjo: yo era demasiado pequeño para elegir la música que iba a sonar en el nuevo bar de mi padre.

A mí me fastidiaron un poco las palabras de mi tío, porque también me hubiese gustado elegir algún disco, aunque reconozco que mis gustos musicales son diferentes a los de toda mi familia. ¿Quieres saber la música que me gusta? Pues, sobre todo, la música clásica: Mozart, Beethoven, Tchaikovsky, Falla... Ya te he contado que voy a una academia de música para aprender a tocar el violín. Me hubiese gustado que en el bar de mi padre se escuchase también un poco de mi música favorita, como algún concierto para violín. Si mis hermanos lo iban a hacer, yo también tenía derecho a elegir algún disco, ¿no te parece, Juanjo?

Pero yo sé la verdad: mi tío no me excluyó a mí por ser demasiado pequeño, sino porque conocía mis aficiones musicales. Y lo sabía por Raquel, su hija y mi prima, a la que le gusta la misma música que a mí. Ella va al conservatorio para aprender a tocar el piano. Seguro que mi tío pensó que la música clásica espantaría a los jóvenes clientes.

¿Tú qué opinas, Juanjo? ¿Prefieres no opinar? Bueno, como quieras.

El mostrador lo construyó mi padre, todo de madera, bien barnizado para que pudiese limpiarse con facilidad, y también hizo unas cuantas repisas para colocar botellas y otras cosas. Compró una cámara frigorífica de segunda mano para las bebidas frías y, por último, instaló el equipo de música, con cuatro altavoces colgados del techo.

—Sólo nos queda buscarle un nombre —dijo una noche, mientras cenábamos la familia al completo.

—Tiene que ser un nombre original —comentó mi hermano Julio.

—Divertido —añadió mi hermana Conchi.

—Conmigo no contéis para eso, yo no estoy en la onda moderna —se excusó mi madre.

Se produjo un largo silencio. Todos, sin darnos cuenta, estábamos pensando un nombre.

—¡Guau! —gritó de pronto mi hermano—. ¿Qué os parece?

—¿Qué nos parece qué? —preguntó mi padre.

—El nombre que acaba de ocurrírseme.

—¿Qué nombre?

—¡*Guau!* ¡Ése es el nombre!

Todos nos quedamos mirando a Julio, y en nuestras miradas descubrió que a ninguno nos gustaba semejante nombre.

De nuevo, se produjo un silencio.

—Tiene que ser algo muy divertido —habló esta vez Conchi—. ¿Qué os parece *El Supositorio de Frambuesa?*

—¡Me niego! —se apresuró a decir mi padre.

Durante un buen rato se dijeron un buen número de posibles nombres. Yo no abrí la boca, quizá por eso mi padre se quedó mirándome y, finalmente, me preguntó:

—Y tú, Tomás, ¿qué opinas?

—Yo soy demasiado pequeño para opinar —le respondí con ironía.

—¿No vas a decirnos ningún nombre?

Me encogí de hombros. Esa actitud mía revelaba que sí estaba dispuesto a darles algún nombre, aunque el asunto no me interesase demasiado. Entonces todos volvieron sus cabezas hacia mí y me clavaron sus miradas.

—*La Loca Carpintería de Ricardo* —dije yo, y luego argumenté mi propuesta—: Por mucho que la hayan pintarrajeado, la carpintería sigue pareciendo una carpintería. Cuando la veo, tengo la sensación de que se trata de una carpintería que se ha vuelto loca.

—*La Loca Carpintería de Ricardo* —repitió mi hermano—. ¡No está mal, Tomi! ¡Eres un genio!

—A mí también me gusta —reconoció mi hermana.

Mis padres se miraron e intercambiaron un gesto de aprobación.

—Además, así nos ahorraremos un rótulo —continué yo—. Bastará con añadir tres palabras al que ya existe.

A la mañana siguiente, mi padre colocó una escalera delante de la puerta de la carpintería, o mejor dicho, delante del bar, y se subió a lo más alto con un bote de pintura y un pincel. En pocos minutos transformó el rótulo, y donde ponía CARPINTERÍA RICARDO pasó a poner LA LOCA CARPINTERÍA DE RICARDO.

—¿Qué tal ha quedado? —nos preguntó a la familia, que le observábamos desde el suelo.

—Yo hubiese escrito «loca» y «carpintería» con k —dijo Julio.

—¿Y por qué? —preguntó mi padre.

—No sé. Está de moda.

—¡Déjame de pamplinas!

Eso fue todo, Juanjo. Entiéndeme, no quiero decir que aquí acabe la historia. Al contrario, en este momento es cuando empieza en realidad. Me refería a que la carpintería de mi padre ya se había convertido en un bar de copas. Bueno, sólo faltaban dos requisitos: el visto bueno de la familia y la inauguración oficial y solemne. El visto bueno de la familia tuvo lugar el siguiente viernes por la tarde, con idea de dejar la inauguración oficial y solemne para el sábado.

Acudieron mis abuelos paternos, es decir, mi abuelo Benito y mi abuela Ramona; mis abuelos maternos, es decir, mi abuelo Diego, el chusquero, y mi abuela Carmela; mis tíos Jacinto y Elvira y mi prima Raquel; otros tíos y parientes lejanos y algunos amigos de la familia.

Te puedo asegurar, Juanjo, que a todos les decepcionó el local. A todos menos a mi tío Jacinto, que estaba eufórico, y de no haber sido por él aquella especie de fiesta hubiese parecido un funeral. Mi prima Raquel y yo nos estuvimos fijando bien en las caras que los invitados iban poniendo al entrar en el local. También escuchamos algunos comentarios en voz baja, como: «¡Qué birria!», «¡Qué cosa tan cutre!», «¡Es espantoso!», «¡No tiene ni mesas ni sillas ni nada!»...

Pero mi tío Jacinto, más elocuente que nunca, se encargó de convencer a todo el mundo de que mi padre acababa de tomar la decisión más importante de su vida, una decisión que le iba a hacer rico sin remedio. Por eso repartió unos vasos de plástico entre los asistentes y descorchó un par de botellas de cava.

—¡Y ahora todo el mundo a brindar por LA LOCA CARPINTERÍA DE RICARDO!

Y todos brindaron, aunque como los vasos eran de plástico, al chocarlos no hicieron *clink*. Los únicos que no brindamos fuimos mi prima Raquel y yo, a los que por ser demasiado pequeños no nos dejaron beber cava.

—Los niños que brinden con agua —propuso alguien.

—¡Con agua no! —se indignó mi abuelo Diego, el chusquero—. ¡Que trae mala suerte!

Así que nos quedamos sin brindar.

Como todos hablaban a la vez y, además, mi hermano Julio había puesto una música de las suyas a todo volumen, Raquel y yo nos salimos a la puerta y nos sentamos en un escalón.

—¿Tú qué opinas? —me preguntó de pronto mi prima.

—Que mi padre se ha vuelto loco —le respondí.

—Sí, creo que tienes razón. Mi padre ha contagiado al tuyo la locura. Ahora los dos tenemos unos padres que están como una regadera.

—¿Y qué tal se soporta a un padre que está como una regadera?

—Acabas por acostumbrarte. Además, te aseguro una cosa: os haréis ricos. Lo único que sabe hacer mi padre en este mundo es ganar dinero, así que puedes estar seguro de que os haréis muy ricos.

—¿Y se vive bien siendo rico?

—Bastante bien. Es lógico, ¿no?

—No me refería a eso...

—Si lo que quieres saber es si el dinero da la felicidad, la respuesta es no.

—Eso lo sabe hasta un tonto.

—No estés tan seguro.

Y como estaba previsto, el sábado por la tarde tuvo lugar la inauguración oficial y solemne de *La Loca Carpintería de Ricardo*, bar de copas para gente joven, también llamado *pub* por los ingleses, como decía mi abuela Ramona.

Desde el mediodía, todos nos fuimos al local para dar los últimos toques, y al decirte todos me refiero en esta ocasión a mis padres y hermanos. La idea era que fuese sólo mi padre el que atendiese el bar al principio y, si las cosas iban bien, entonces contrataría a un camarero o dos; pero, claro, el primer día no podíamos dejarle solo. Mi padre, al fin y al cabo, había sido carpintero durante toda su vida y para servir copas, aunque fuese en vasos de plástico, debería adquirir una experiencia que aún no tenía.

A la hora prevista, Julio puso un disco a todo volumen y mi padre se dirigió hacia la puerta de entrada, que permanecía cerrada. Antes de llegar a ella se detuvo junto a mi madre y se quedó mirándola un rato.

—Deséame suerte —le dijo.

—La tendrás.

Después de dar un beso a mi madre, mi padre abrió la puerta de entrada y...

¡No puedes imaginarte lo que pasó, Juanjo! ¿Te gustaría saberlo? Resulta que en la calle estaban esperando un montón de jóvenes dispuestos a estrenar el nuevo bar. En cuanto mi padre abrió la puerta, entraron en tropel, riendo y bailando al ritmo de la música atronadora. Y, al momento, empezaron a beber en esos vasos de plástico.

Desde el primer momento observé cosas que me llamaron mucho la atención y que nunca acabé de comprender. ¿Quieres que te las cuente también, Juanjo? Pues lo haré.

¿Otro día...? Sí, ya sé que tienes otros clientes esperando. ¿No te gusta que diga clientes? Pues yo prefiero ser un cliente antes que un paciente. Si fuese un paciente estaría enfermo, y te aseguro que yo no estoy enfermo. Bueno, creo que no me queda otro remedio, sí, la semana que viene continuaremos.

3 *Tercera semana*

¿QUÉ tal, Juanjo? Yo, muy bien. Sí, sí, te aseguro que me encuentro muy bien. Ya te dije el primer día que no entendía por qué me encontraba en el gabinete de un psicólogo, medio tumbado en este camastro, donde se tumbarán también todos tus clientes. ¡Bueno, bueno...! ¡No te enfades! La próxima vez trataré de que me salga la palabra paciente. De todas formas, tus pacientes son también tus clientes, eso no podrás negármelo.

Por cierto, Juanjo, me gustaría saber una cosa, y espero que no te molestes cuando te lo diga: ¿cuánto cobras? Es decir, ¿cuánto vas a cobrar a mis padres porque yo venga aquí todas las semanas y te cuente cosas? ¿Depende...? ¿De qué depende? ¡Ah! ¡De modo que tú cobras por sesiones! Si yo vengo tres días, les cobras por tres días; y si vengo una docena, les cobras por una docena. Me alegra saberlo, porque así procuraré aligerar mi relato. No me gustaría que mis padres se gastasen mucho dinero conmigo. Oye, ¿y no podrías decirme cuánto cobras por sesión? Yo soy el cliente, digo... el paciente, y creo que tengo derecho a saberlo. ¡No, no! No me vengas tú también con que soy demasiado pequeño para ciertas cosas... ¡Estoy harto de oír esa frase! A mi padre ya se lo he preguntado, pero no ha querido decírmelo, y tengo el presentimiento de que no ha querido decírmelo porque tú eres un psicólogo muy caro.

¡Sí, sí...! Por supuesto, empezaré inmediatamente, que cada minuto contigo vale un dineral. Te aseguro que no soy un niño impertinente; eso sí, me gusta tener las ideas claras y expresarlas con más claridad todavía. Soy así, y no me apetece cambiar.

En realidad, tengo la sensación de estar contándote cosas que tú ya sabes, es decir, tengo la sensación de estar perdiendo el tiempo. Todo lo que pasó a continuación podría resumirse en una sola frase: *La Loca Carpintería de Ricardo* fue un éxito.

Al decir un éxito quiero decir que, como había previsto mi tío Jacinto, mi padre comenzó a ganar mucho dinero. El bar estaba lleno a todas horas, desde que abrían hasta que cerraban; incluso muchos días tenía que echar mi padre a los clientes para poder cerrar.

De los clientes te puedo asegurar que ninguno

pasaba de veinte años; además comprobé con asombro que algunos compañeros de mi colegio, de las clases de los mayores, entraban en el bar. Este detalle era una de las cosas que menos entendía. Recuerdo que lo hablé con mi prima mientras jugábamos una partida de ajedrez.

—Tú y yo somos demasiado pequeños —le dije a Raquel—, pero imagínate por un momento que tienes catorce años, y que te pintas los labios con carmín, y los ojos con esos lápices azules y negros, y que te echas colorete en las mejillas...

—¿Adónde quieres ir a parar?

—Imagínate también que yo tengo catorce años —continué—, y que de vez en cuando me paso la maquinilla de afeitar de mi padre, y que me visto con una cazadora de piel negra y unos vaqueros ajustados, y que me pongo unas gafas de sol y me echo gomina en el pelo, y que enciendo un cigarrillo que sostengo entre mis labios...

—Jaque.

Mi prima Raquel estaba acosando a mi rey con una de sus torres y un caballo. Yo me protegí detrás de un peón.

—Lo que quería decirte es que aparentaríamos más años, tal vez diecisiete o dieciocho.

—Sin duda.

—Y dime una cosa: ¿tu padre te dejaría beber alcohol aunque te arreglases de esa manera?

—La respuesta es no.

—Lo mismo haría el mío.

Raquel intuyó enseguida lo que trataba de explicarle. Levantó un instante la vista del tablero y me miró unos segundos con una rara expresión, mientras negaba con su cabeza.

—Es difícil de entender, Tomás —me dijo.

—Me alegro de que al menos tú me comprendas —le dije yo.

Luego, movió su torre.

—Jaque mate.

Ya te expliqué la semana pasada que mi prima Raquel casi siempre me gana al ajedrez.

Yo no sé, Juanjo, si tú entiendes lo que trato de explicarte. Mi prima Raquel lo entendió al instante, pero es que ella es muy inteligente. ¡Perdona...! No quiero decir que tú no seas inteligente.

Verás, el problema está en que, desde que naces, tus padres te dicen cosas. Te dicen: haz esto que es bueno y no hagas lo otro porque es malo. Y, claro, tú vas entendiendo el mundo y las cosas a través de lo que tus padres te enseñan, y al mismo tiempo vas conociendo a tus padres. Llega un momento en que crees conocerlos perfectamente.

¿Por qué me felicitas, Juanjo? ¡Ah...! ¡Te ha gustado mi razonamiento! Pues espera, porque aún me queda el final. Cuando crees que tus padres son las personas a las que mejor conoces en el mundo, pues resulta que estás equivocado. Entonces ellos te sorprenden y hacen cosas que jamás hubieras imaginado.

Si te digo la verdad, Juanjo, yo hubiera imaginado cualquier cosa de mi padre menos que ganase dinero a costa de que menores de edad se emborrachasen en *La Loca Carpintería de Ricardo*. ¡Cualquier cosa, Juanjo!

¿Mi familia...? ¿Quieres saber cuál era la actitud de mi familia? Sí, creo que seguiré contándote las cosas por orden y evitaré dar opiniones personales.

Pues mi familia estaba encantada.

—Mi hermano Jacinto siempre ha tenido muy buen ojo para los negocios, estaba segura de que las cosas nos saldrían bien —le decía mi madre a mi padre.

Y mi padre no contestaba, ni siquiera hacía un gesto afirmativo con su cabeza. Simplemente, se limitaba a decir lo que había ganado aquel día, que siempre era algo más que el día anterior.

Las cosas marchaban tan bien, que al mes justo de abrir *La Loca Carpintería de Ricardo* mi padre contrató a un camarero para que le ayudase, y a los tres meses contrató a un segundo camarero, y él, y por consejo de mi tío Jacinto, se dedicó a ejercer de jefe y a controlar el negocio.

Mis abuelos Benito y Ramona estaban encantados, y cada vez que venían a vernos no hablaban de otra cosa.

—Enséñame las manos, hijo —le decía mi abuelo a mi padre.

Y mi padre, obediente, estiraba los brazos y le mostraba las manos, por un lado y por otro.

—Aquí las tienes.

—¡Dónde va a parar! —exclamaba mi abuelo—. ¡Qué diferencia de manos! Se te ha suavizado la piel y te han desaparecido esos callos que tenías en los dedos.

Un día, mi abuela Ramona se acercó a mi padre y le dio un beso.

—¡Enhorabuena, hijo mío! —le dijo—. Acaba de decirme María Luisa lo del coche.

Mi hermano Julio se volvió de inmediato hacia mi padre y preguntó:

—¿Lo del coche?

—Vamos a comprar un coche nuevo —dijo mi padre—. Entre vuestra madre y vuestro tío Jacinto me han convencido.

—Pues claro, Ricardo, el que tenemos siempre nos resultó un poco pequeño —intervino mi madre—. Y ahora que podemos...

—¿Y qué coche vamos a comprar? —volvió a preguntar Julio.

—Yo quería algo sencillo, pero vuestra madre y

vuestro tío Jacinto se han empeñado y... Ya lo he encargado: un BMW.

—¡Guau! —ladró Julio—. ¿Habéis oído eso? ¡Un BMW!

Mi abuelo Benito se levantó de la silla y abrazó a mi padre.

—¡Estoy muy orgulloso de ti, hijo! —y al decirlo se le saltaron las lágrimas.

El que se mostraba más contento de todos era Julio, que parecía haberse vuelto loco. Daba saltos y hacía planes en voz alta.

—No vendas el coche viejo, papá. En cuanto cumpla los dieciocho, sacaré el permiso de conducir. Yo me quedaré con el coche viejo, me servirá para aprender bien.

—Sí, eso es lo que tu madre y tu tío habían pensado —dijo mi padre.

—Cuando haya aprendido bien, espero que algún día me dejes llevar el BMW —añadió mi hermano.

Yo no entiendo nada de coches, Juanjo. Para mí todos los coches son iguales: tienen cuatro ruedas, unas puertas por donde entrar y salir, unos asientos, un volante, unos pedales... Pero creo que un BMW es un buen coche; además, el modelo que compró mi padre era de los mejores. Creo que tenía de todo. A mí lo que más me gustó fue que estaba climatizado y, a pesar de que era verano y hacía muchísimo calor, dentro se iba muy fresquito.

¿Tú también tienes un BMW, Juanjo? ¿No? Yo pensaba que los psicólogos ganabais mucho dinero. Como cobráis por sesiones... Y, no es por nada, pero tú haces un montón de sesiones al día, eso no puedes negármelo.

Sí..., cambiaré de tema, es decir, volveré al tema.

Mis abuelos Diego, el chusquero, y Carmela también se alegraron mucho cuando cambiamos de coche.

—Ahora ya sabes cuál es el segundo paso —le dijo mi abuelo Diego a mi padre.

—¿El segundo paso? —se extrañó mi padre.

—Naturalmente. Esto es una cadena, muchacho, detrás de un eslabón viene otro, y otro, y otro... Cuantos más eslabones consigas, más feliz serás, y más feliz harás a los tuyos.

—Y el segundo eslabón, o el segundo paso... ¿en qué consiste?

—En cambiar de casa —dijo mi abuelo Diego.

—¡Ah, no! ¡Eso no! —negó mi padre—. Estamos muy a gusto aquí.

—Lo que tenéis que hacer es compraros un piso en condiciones en un barrio en condiciones. Me ha dicho Jacinto que muy cerca de su casa se vende un pisazo estupendo, al que sólo habría que hacerle algunas pequeñas reformas.

—Pero ese barrio está muy lejos, y recuerda que es aquí donde tengo el negocio —mi padre intentaba encontrar una salida.

—Eso no es un inconveniente —continuó mi abuelo Diego—. Los buenos negociantes viven lejos de sus negocios. Cuanto más lejos vives, mejor negociante eres.

Entonces mi padre se volvió a nosotros, quiero decir, a mi madre y a mis hermanos. Yo sabía que estaba buscando un poco de ayuda, que estaba buscando un poco de comprensión...

—La verdad es que este piso se nos ha quedado pequeño —dijo mi madre.

—¡Guau! —ladró mi hermano—. ¡El barrio de tío Jacinto y tía Elvira es una pasada!

—¡Y las casas son por lo menos tres veces más grandes que la nuestra! —añadió mi hermana.

Mi abuela Carmela se acercó a mí y me revolvió cariñosamente el pelo.

—Seguro que a Tomás le encantaría irse a vivir cerca de su prima Raquel —dijo—. Podría jugar con ella más tiempo e incluso ir al conservatorio en vez de a esa academia de barrio.

Entonces yo no pude aguantarme más. Me acerqué a mi padre y, mirándole fijamente a los ojos, le dije:

—Yo no me quiero ir de esta casa ni de este barrio. No me importa que el piso sea pequeño y tenga que compartir mi habitación con Julio. El barrio del tío Jacinto me parece horroroso, no hay árboles y las aceras están llenas de cagadas de perros.

Aunque el rostro de mi padre no se inmutó, yo

sé que me sonrió agradecido. Lo noté en su mirada.

Pocos meses después nos cambiamos de casa.

Por supuesto, compramos ese pisazo estupendo que se vendía cerca de donde viven mis tíos Jacinto y Elvira, en el barrio sin árboles repleto de cagadas de perros. La casa, Juanjo, era enorme, llena de habitaciones y con un salón tan grande que parecía un campo de fútbol; además, tenía dos puertas, una principal y otra de servicio.

Lo mejor para mí —en eso sí tenía razón mi abuela Carmela— era la proximidad con mi prima Raquel. Mi prima, además de ser mi prima, es... ¿cómo decirte?, mi mejor amiga. Desde el momento del cambio de vivienda, nos veíamos más a menudo y teníamos ocasión de charlar de nuestras cosas. Creo que a mi prima y a mí lo que más nos gusta es charlar y charlar. Otros se divierten jugando a destruir naves espaciales en la pantalla de un ordenador, o luchando contra monstruos gigantescos que dan patadas a diestro y siniestro... Nosotros lo pasamos mejor charlando.

—Te lo advertí —me dijo en una ocasión Raquel.

—¿Te refieres a lo de convertirnos en ricos? —pregunté.

—La respuesta es sí.

—¡Y qué razón tenías!

—Conozco a mi padre lo suficiente.

—Yo creía conocer al mío, pero me equivoqué.

—Bueno..., ¿y qué te parece eso de ser rico?

—No sé qué responderte. Quizá si nos hubiésemos hecho ricos de otra forma...

—¿Con la carpintería?

—Sí, por ejemplo.

—Con una carpintería nadie se hace rico de verdad.

—Ya me lo imagino.

—Con el tiempo te acostumbrarás. Tiene sus ventajas ser rico.

—He descubierto algunas: tener un BMW, un piso enorme con dos puertas...

—Hay otras más importantes.

—Espero descubrirlas pronto.

—¿Echamos una partida de ajedrez?

—De acuerdo.

—He aprendido una nueva defensa.

Pensé en aquel momento que si les decía a mis padres que quería ir al club de ajedrecistas de Raquel no me lo podían negar. De esa forma, yo también aprendería muchas jugadas, de defensa y de ataque, y a Raquel le sería mucho más difícil ganarme. Lo mismo ocurriría si les decía que mi deseo era ir al conservatorio, como ella.

No, Juanjo, no se lo dije a mis padres. ¿Por qué? Pues no lo sé. Te aseguro que lo pensé muchas veces, pero nunca se lo pedí. Al fin y al cabo, yo quiero ser de mayor ingeniero y escritor, no jugador de ajedrez ni músico. No me parecía un asunto de vida o muerte pertenecer a ese club, aunque reconozco que la frase que más odiaba de mi prima era «jaque mate».

Se me había olvidado decirte que cuando nos fuimos a vivir a la nueva casa mis padres dieron una gran fiesta, a la que acudieron familiares y amigos, los mismos que habían ido un año antes a la inauguración de *La Loca Carpintería de Ricardo*.

Sí, sí..., había transcurrido ya un año justo. Se me ha olvidado decirte el tiempo que iba pasando de un acontecimiento a otro; pero ahora puedes hacerte una idea. En un año habíamos dejado de ser una familia humilde que sobrevivía de una pequeña carpintería para convertirnos en una familia rica, con BMW y un pisazo que causaba admiración en todos nuestros invitados. Y todo gracias a un bar de mala muerte cuya clientela principal eran menores de edad.

Aquella fiesta la recuerdo con amargura, Juanjo, con mucha amargura, sobre todo por lo que ocurrió al final, cuando todos los invitados se marcharon.

Mi madre estaba loca de contenta porque, según

ella, la fiesta había sido un éxito y todos los invitados se habían marchado encantados. Recuerdo que abrazó con fuerza a mi padre y le dio un beso muy largo.

Poco después, mi hermano Julio se acercó a mi padre, rebuscó por uno de los bolsillos de su pantalón y sacó un papel bastante arrugado. Se lo mostró sin intención de dárselo.

—¿Qué es eso? —le preguntó mi padre.

—Son las notas del curso —respondió Julio muy serio—. He suspendido todas las asignaturas.

Mi padre cogió aquel papel y lo miró con detenimiento. Yo me di cuenta de que le cambió el color de la cara.

—Pero... ¿cómo es posible? —murmuró entre dientes.

—Quiero decirte una cosa, papá —continuó Julio—: no voy a seguir estudiando.

—¡Eso lo veremos! —se enfadó mi padre.

—Ya lo he decidido, papá. No soy un niño. Te digo que no quiero seguir estudiando.

—¿Y qué vas a hacer entonces?

—Quiero trabajar en *La Loca Carpintería de Ricardo*. Trabajaré de camarero hasta que ahorre lo suficiente para montar mi propio negocio.

—¡Estás loco! —perdió los nervios mi padre.

—¡No te pongas así! ¡No es tan grave que no quiera estudiar una carrera! —mi hermano también alzó la voz—. El tío Jacinto es más comprensivo que tú: cuando se lo he contado a él, me ha dado muchos ánimos para seguir adelante.

—¡A la mierda el tío Jacinto! —estalló mi padre.

Sí, Juanjo, te aseguro que mi padre dijo: «¡A la mierda el tío Jacinto!». Y ya te puedes imaginar la que se organizó. Mi madre salió en defensa de su hermano y la discusión entre mis padres alcanzó un tono que jamás antes había alcanzado. Mi padre trató de calmarse con sus vídeos de fútbol; creo que resistió un partido y medio. Luego, se fue a la cama.

Aquél fue un duro golpe para mi padre. Yo sé que él tenía una gran ilusión porque todos sus hijos estudiásemos una carrera, y sobre todo desde que abrió *La Loca Carpintería de Ricardo*. Creo que lo que menos deseaba era que alguno de nosotros siguiese sus pasos, por eso la decisión de Julio le afectó muchísimo. Él es el hermano mayor, y mi padre temía que su ejemplo nos contagiase a los que veníamos detrás.

Creo, Juanjo, que a partir de ese momento empecé a comprender que mi padre no era feliz con lo que estaba haciendo. No estaba del todo seguro, pero empecé a tener algunas sospechas. Por eso, decidí que tenía que hablar más a menudo con él, para intentar sonsacarle alguna cosa y, sobre todo, tenía que observarlo con atención, para no perderme ninguna de sus reacciones. Yo creo que en las reacciones de la gente podemos descubrir su estado de ánimo.

Un domingo por la tarde me quedé solo con él en casa. Mi hermano Julio estaba en *La Loca Carpintería de Ricardo*, y mi madre y mi hermana habían salido a dar un paseo. Estaba sentado en una butaca del salón. Me acerqué despacio y vi que tenía los ojos cerrados. «Está durmiendo», pensé, y cuando iba a alejarme de allí, sentí su voz a mis espaldas.

—¿Querías algo, Tomás?

—Pensaba que dormías —le dije.

—No, no dormía.

—Entonces, ¿estabas pensando?

—Sí.

—Yo también pienso con los ojos cerrados. Parece que uno se concentra mejor con los ojos cerrados.

—Sí, hay veces que las cosas se ven mejor con los ojos cerrados.

Una idea me daba vueltas en la cabeza desde hacía mucho tiempo, desde el mismo día en que se inauguró *La Loca Carpintería de Ricardo*, así que no estaba dispuesto a dejar pasar aquella oportunidad.

—Desde que éramos muy pequeños tú nos has dado consejos —le dije.

—Todos los padres dan consejos a sus hijos

—me respondió—. Quizá a veces nos pongamos un poco pesados, pero te aseguro que siempre queremos lo mejor para vosotros.

—Y si yo tuviese ahora catorce años, ¿qué me aconsejarías? —le pregunté.

—Pues... —dudó mi padre—. Te aconsejaría... que siguieses estudiando como hasta ahora para conseguir ser un buen ingeniero y un buen escritor.

—¿Sólo eso? —insistí.

—Seguro que te aconsejaba más cosas, pero... no sé, ahora no se me ocurren.

—¿Y me aconsejarías ir a un bar de copas y beber hasta emborracharme?

Mi padre palideció y se quedó mudo, mirándome fijamente a los ojos. Y su expresión era la de un hombre asustado. Comprendí que sería incapaz de decirme una palabra más, por eso le dije todo lo que quería decirle sin más rodeos:

—Papá, yo sé que en *La Loca Carpintería de Ricardo* entran muchos menores de edad, y a los menores está prohibido venderles alcohol. Lo sé porque muchos de ellos van a mi colegio. Tienen trece o catorce años y presumen de haberse emborrachado algunas veces. Ya sé que *La Loca Carpintería de Ricardo* es uno de los muchos bares que se han abierto en los antiguos locales industriales, y que si tú no les sirvieses las copas se irían a otro sitio. Y además pienso otra cosa: desde que hiciste caso al tío Jacinto y cerraste la carpintería, no eres feliz.

Había pensado tanto en esas palabras, que me las sabía de memoria, por eso se las solté a mi padre de un tirón.

Mi padre no reaccionó. Se dejó caer contra el respaldo del sillón y se quedó inmóvil, con la mirada perdida. Yo me sentí muy incómodo y me marché del salón.

No puedo evitarlo, Juanjo. Para mí no tiene que haber diferencias entre lo que pienso y lo que hago. Así entiendo yo la vida. Sí, ya sé que es una postura muy tajante, como tú dices; pero ¿sabes quién me enseñó a pensar de esa manera? Mi padre. No mi padre el de *La Loca Carpintería de Ricardo*, sino mi padre, Ricardo, el carpintero, cuando yo era muy pequeño y después del colegio me quedaba un rato con él.

Había cambiado tanto el carácter de mi padre, que parecía un padre distinto.

No, Juanjo, mi padre no reaccionó, a pesar de lo que le dije. Aceptó que mi hermano dejara los estudios y que empezase a trabajar en el bar. Mi tío Jacinto parecía haberle convencido de nuevo.

—¡Estudiar, estudiar! Lo importante en esta vida es vivir bien, y para vivir bien hay que ganar mucho dinero —razonaba mi tío Jacinto a mi padre—. Y dime, Ricardo, ¿por hacer una carrera vas a ganar mucho dinero?

—Pero Julio había sido un buen estudiante hasta ahora, no entiendo por qué de repente...

—Deja a Julio que haga su vida, que él tiene las ideas mucho más claras que tú. Creo que entre los dos acabaréis teniendo una cadena de bares de copas. Ve pensando ya en *La Loca Carpintería de Ricardo-DOS*.

¿Por qué crees tú, Juanjo, que mi padre no reaccionó? Es difícil la respuesta, ya me lo imagino. Quizá tendría que venir mi padre también a tu consulta. Él es el que debería estar sentado en este camastro. ¿No se llama camastro? Pues como se llame. Claro, que si viniera mi padre también nos saldría el doble de caro. ¿No vas a decirme cuánto cobras por sesión? ¡Bueno, bueno...! No insistiré.

Después de decirle lo que le dije a mi padre, comprendí que él sería incapaz de reaccionar y de enfrentarse a toda la familia. Pensé que se había metido en un camino en el que era casi imposible dar marcha atrás, sobre todo cuando ya te has empezado a acostumbrar a ser rico: te has comprado un BMW, un pisazo con dos puertas y todas esas cosas.

Por eso, decidí actuar por mi cuenta.

Está muy claro, Juanjo. Cuando digo actuar por

mi cuenta me refiero a actuar por mi cuenta. Yo soy el pequeño de la familia, el que llegó cuando nadie lo esperaba, el que no tiene edad para brindar con cava y no puede hacerlo con agua porque trae mala suerte, el que no puede elegir discos porque mis gustos musicales son diferentes a los de la mayoría de los jóvenes... Yo no sentía ninguna presión familiar, ningún complejo, ningún remordimiento... Yo, simplemente, comprendí que mi padre se estaba convirtiendo en un ser muy desgraciado y que mi familia podía convertirse en cualquier cosa menos en una familia.

Soy un tipo listo, ¿eh, Juanjo? Pero no creas que actué solo. Hablé con mi prima Raquel.

—¿Me ayudarás? —le pregunté.

—La respuesta es sí —me respondió ella.

¿Eh...? ¡Ah, ya es la hora! ¡Tenemos que acabar! ¿Entonces no puedo contarte hoy lo del olor pestilente y todo lo demás? ¡Es un verdadero fastidio! La verdad es que me gustaría acabar de una vez estas sesiones. Bueno, Juanjo, lo que tú digas. Volveré la semana que viene. Eso sí, espero que la próxima sesión sea la última.

4 *Cuarta semana*

Cuando venía hacia aquí pensaba en las sesiones que llevábamos. Creo que ésta es la cuarta. Te he contado un montón de cosas, Juanjo, así que supongo que tú ya podrás sacar algunas conclusiones. Aunque te advierto que si tus conclusiones son que yo tengo un problema extraño que hace que mi mente no funcione como es debido, estás equivocado. Mi mente funciona bien y yo tengo las ideas muy claras. ¡Eso por descontado! Y si al final decides recetarme algo, recuerda que ya te dije que odio las inyecciones en el culo. ¿Ah, no...? ¿Los psicólogos no recetáis inyecciones ni medicamentos? No es vuestro sistema... ¡Me alegro!

Hoy espero llegar al final de mi relato y, desde luego, no volver a pisar esta consulta. No, no es que me caigas mal, ni que tenga nada personal contra ti. No es eso. Pero es que estoy un poco cansado de venir todas las semanas, de sentarme frente a ti y de contarte cosas que son muy personales, porque lo que te he contado a ti, Juanjo, no se lo he contado a nadie.

A mi prima Raquel no hace falta que se lo cuente. Ella sabe todo lo que pasó porque me conoce bien y me comprende. Y no sólo eso, sino que además, y en algunas ocasiones, me ayudó.

Intentaré coger el hilo otra vez. Creo que en la sesión anterior ya te dije que nos empezamos a hacer ricos y, claro, empezamos a actuar como ricos: recuerda lo del BMW, lo del pisazo con dos puertas...

—Nadáis en la abundancia —solía decir mi abuelo Benito a mi padre—. Ahora lo que tenéis que hacer es invertir en algo seguro, para que vuestro dinero aumente sin esfuerzos y tú no tengas que volver a machacarte las manos. Por cierto, enséñame tus manos.

Y mi padre, como un cordero obediente, le mostraba sus manos.

Mi abuelo Benito llamaba a mi abuela Ramona.

—Fíjate, Ramona, fíjate bien. ¡Qué delicia de manos! ¡Qué suavidad! ¡Qué finura!... Parecen otras. Se te están poniendo manos de banquero. Por cierto, ¿has pensado en algún banco para invertir tu dinero? Te conviene algo seguro. Yo, aunque estoy ya jubilado, podría aconsejarte algunas cosas de interés.

Las visitas de mis abuelos Benito y Ramona dejaban a mi padre en un estado muy raro. Se quedaba en silencio, aplastado contra un sillón, y era incapaz de reaccionar, como si de repente le hubiese dado un telele y se hubiese quedado medio alelado.

Sin embargo, las visitas de mis abuelos Diego, el chusquero, y Carmela le alteraban muchísimo. Con ellos siempre acababa discutiendo.

Mi abuela Carmela estaba empeñada en que todos teníamos que renovar nuestro vestuario.

—En este barrio donde vivís ahora hay unas boutiques preciosas, con una ropa buenísima —decía.

La idea de renovar el vestuario la compartían también mi madre, mi hermano Julio y mi hermana Conchi. Mi padre se mostraba indiferente. Y yo me negaba en rotundo.

—¡Yo no quiero cambiar de ropa! —me enfadaba—. Estoy muy a gusto con la que tengo.

Mi abuelo Diego, influido por las ideas de mi tío Jacinto, su hijo, ya tenía un plan para invertir el dinero que estábamos ganando con *La Loca Carpintería de Ricardo*.

—Sigue haciendo caso a Jacinto —le decía a mi

padre—. Fíjate cómo te van las cosas por hacerle caso. Lo que ahora tienes que hacer es abrir una sucursal, es decir, otro bar de copas en la misma zona. Tú puedes encargarte de uno y Julio del otro. ¿Qué te parece?

—¡Que me voy a ver un partido de fútbol! —intentaba escaparse mi padre.

—Hombre, no te pongas así.

—¡No me pongo de ninguna manera!

—¿Y qué partido piensas ver?

—La final de la copa de hace tres años.

Sí, claro, Juanjo, mi familia entera renovó su vestuario: ropas caras de marca. A mí también me compraron mucha ropa, pero me negué a ponérmela hasta que no tuve más remedio.

Pues lo que pasó es que mi madre, mientras yo dormía, me cogió toda la ropa vieja y la tiró a la basura. Como podrás suponer, me llevé un gran disgusto: habían desaparecido para siempre mis vaqueros gastados, que se ajustaban perfectamente a mis piernas; mis playeras sudadas, mis camisas de cuadros, mis cazadoras, mi anorak, mis calzoncillos, mis calcetines... ¡Todo, Juanjo! A la fuerza tuve que ponerme la ropa nueva: eso, o andar en pelotas por la vida.

Todo el mundo estaba entusiasmado en mi casa con la nueva vida que llevábamos. Todos, menos yo. Bueno..., te seré sincero, Juanjo, creo que mi padre tampoco estaba demasiado entusiasmado. Se había apoderado de él una especie de amargura. Sí, creo que esa es la palabra correcta: amargura. Cada vez hablaba menos y siempre parecía encontrarse en otro sitio, como si las cosas que estaban pasando en su propia casa hubieran dejado de interesarle. Yo empecé a tener la certeza de que mi padre era más infeliz que antes, cuando trabajaba en la carpintería y sus manos estaban llenas de callos. Por lo menos, antes se reía a todas horas, y hablaba mucho conmigo, y me explicaba cómo eran los muebles que estaba haciendo...

Sin embargo, ahora no decía ni una sola palabra de su trabajo, sobre todo desde el día en que yo le dije que *La Loca Carpintería de Ricardo* estaba llena de menores de edad, muchos de ellos de mi propio colegio.

¡Ah! ¡Aún no te he hablado del colegio! ¡Ésa fue otra dura batalla, Juanjo! Todo el mundo se empeñó en mi casa en que debía cambiar de colegio, todos menos mi padre, que no decía nada. Parece ser que el colegio al que había ido siempre y donde tenía mis mejores amigos ya no tenía calidad suficiente para un niño nuevo rico, que era en lo que yo me había convertido. Lo mismo ocurría con la academia de música donde aprendía a tocar el violín. Pero esa batalla la gané yo.

—¡No quiero cambiar de colegio! —repetí hasta la saciedad.

—¡No seas cabezota, niño! —me recriminaba mi abuelo Diego, el chusquero.

—¡He dicho que no y no!

—Pero si irás a uno mucho mejor, que tiene un campo de fútbol, otro de *rugby*, tres canchas de baloncesto, piscina, gimnasio, pista de patinaje...

—¡A eso le llamas colegio! —me indigné yo—. ¡Más bien parece un polideportivo!

—Fíjate si será bueno que van a él los hijos de dos ministros.

—¡Yo no quiero ir al colegio con los hijos de los ministros!

Como me di cuenta de que mis protestas no servían para nada, lancé a mi familia una severa advertencia:

—Hasta ahora he sido el primero de la clase y siempre he sacado las mejores notas. Si me cambiáis de colegio, no estudiaré nada y me convertiré en un vago, y ya no seré ingeniero ni escritor.

Y aquella advertencia causó efecto y, por fortuna, no me cambiaron de colegio. Eso sí, tenía que coger todos los días el autobús, porque nuestra nueva casa en nuestro nuevo barrio pillaba un poco lejos.

Creo, Juanjo, que debo ir al grano cuanto antes. Ya te dije al principio que quería acabar hoy con estas sesiones.

Bueno, pues tengo que decirte que decidí hacer la guerra al negocio de papá, es decir, a *La Loca Carpintería de Ricardo*. La guerra, claro está, a mi manera, en la medida de mis posibilidades, que no eran muchas. Y lo hice porque estaba convencido de que la amargura de mi padre era ocasionada por el cambio que habían dado nuestras vidas. Estaba completamente seguro, Juanjo, y cada día que pasaba más. ¿Quieres saber de qué manera hice la guerra al negocio de papá? Te lo contaré, Juanjo; aunque ahora, que ya ha pasado todo, pienso que no fue una verdadera guerra, sino cosas un poco tontas que, por supuesto, no sirvieron para nada.

La primera idea se me ocurrió jugando una partida de ajedrez con mi prima Raquel. ¿Ya te he dicho que ella piensa ser de mayor astrofísica y escritora?

—Podíamos echar dentro del local una bomba fétida —le dije yo después de mover un peón.

—¿Para qué? —me preguntó ella, y movió un alfil.

—Se producirá un olor tan repugnante que todo el mundo se marchará de allí.

—Pero harían falta varias bombas fétidas para que el olor se notase en todo el local, y además en unos minutos desaparecería.

—Si consiguiésemos la fórmula del líquido pestilente que contienen las bombas fétidas, entonces...

—¿Qué quieres decir?

—Que nosotros mismos podríamos fabricar un litro o dos de ese líquido y echarlo en *La Loca Carpintería de Ricardo*. Los efectos serían nauseabundos y más duraderos.

—Podemos intentarlo —dijo mi prima, y movió en esta ocasión un caballo.

Yo me percaté a tiempo de sus intenciones y protegí a mi rey con una torre para evitar un seguro jaque mate.

—Preguntaremos a los profesores y consultaremos todos los libros de química de la biblioteca —le dije.

Y eso hicimos.

¡Por supuesto, Juanjo! Mi prima Raquel y yo somos capaces de eso y de cosas mucho más complicadas. Conseguimos la fórmula de la pestilencia repugnante y conseguimos llenar una botella y media con un líquido de aspecto grisáceo que producía un olor espantoso. No sé cómo pudimos soportarlo, a pesar de que lo hicimos al aire libre, en la parte de atrás de *La Loca Carpintería de Ricardo*, y a pesar de que con unas telas impregnadas en colonia nos fabricamos unas mascarillas que nos cubrían la nariz y la boca por completo.

Cuando terminamos, tapamos las botellas con unos corchos y dejamos que pasase un buen rato antes de quitarnos las mascarillas.

—Es lo más asqueroso que he olido en mi vida —aseguró mi prima Raquel.

—Si lo echamos en *La Loca Carpintería de Ricardo*, todo el mundo saldrá corriendo de allí. Creo que se les quitarán las ganas de volver.

Esperamos hasta el sábado a media tarde, ya que ese día y a esa hora era cuando más concurrido se encontraba el bar. Mi prima y yo cogimos las botellas con la pestilencia repugnante y las camuflamos entre unas revistas. Luego, entramos en *La Loca Carpintería de Ricardo*.

El bar estaba tan lleno que casi ni se podía andar. Nos acercamos a la barra, donde mi hermano Julio y los dos camareros que había contratado mi padre no dejaban de servir bebidas.

—¡Eh! ¿Qué hacéis por aquí, pequeñajos? —dijo mi hermano al vernos—. ¿No sabéis que está prohibida la entrada a los menores?

—¡No somos los únicos menores que hay aquí! —le respondí.

—Marchad antes de que os vea papá.

No sé por qué había imaginado que mi padre no estaría en esos momentos en el bar. Ahora pienso que fue una estupidez pensarlo. ¿Cómo no iba a estar en el bar el sábado por la tarde, que era cuando más follón había? Enseguida, su voz nos sobresaltó a nuestras espaldas.

—¿Qué hacéis aquí vosotros?

Mi prima y yo nos volvimos un poco asustados. Pero a mí enseguida se me ocurrió una idea. Tenía que hablar muy alto porque una música estridente sonaba a todo volumen.

—Es que el padre de un compañero del colegio es un gran aficionado al fútbol y quería saber si, entre tu colección de partidos, tienes uno que jugó el Inter de Milán contra el Real Madrid hace muchos años.

—Tendría que mirarlo; pero... ¿no has podido preguntármelo en casa? ¡Anda, anda...! Marchaos de aquí ahora mismo y volved a casa, que ya es un poco tarde.

—Sí, ya nos vamos, pero no te olvides de mirarlo.

Raquel y yo, abriéndonos paso entre la gente, nos dirigimos de nuevo hacia la puerta; pero esta vez habíamos quitado el corcho a las botellas e íbamos dejando caer al suelo la pestilencia repugnante.

Cuando salimos a la calle nuestras botellas estaban vacías, eso quería decir que en pocos minutos toda la gente que abarrotaba el local comenzaría a salir en estampida.

Raquel y yo aguardábamos con verdadera impaciencia, pero pasaron los minutos y no salió nadie.

Notábamos que dentro había aumentado el barullo y se oían constantes gritos y risotadas. Es más, algunos jóvenes que estaban en la calle entraron de inmediato para ver qué estaba pasando dentro de *La Loca Carpintería de Ricardo*.

Sólo al cabo de unos diez minutos salió un muchacho corriendo y dando grandes voces. Se dirigió, uno por uno, a todos los bares de copas de la zona. Entraba y salía y, al momento, toda la gente que había en aquellos locales los abandonaba y se metía a toda prisa en *La Loca Carpintería de Ricardo*.

—¿Tú entiendes algo? —le pregunté a Raquel.

—La respuesta es no.

Cuando al cabo de un rato el muchacho regresó a todo correr, conseguimos detenerlo un instante.

—¿Qué ocurre ahí dentro?

—¡Fabuloso, enanos! —nos respondió—. No sé cómo lo habrán conseguido, pero ahí dentro hay una peste que te cagas. Jamás he olido algo tan asqueroso. ¡Son geniales!

Raquel y yo nos miramos desconcertados.

—¿Tú entiendes algo? —volví a preguntarle.

—La respuesta es no —me repitió ella.

En silencio regresamos a nuestras casas. Nuestro plan había fracasado. ¡Y de qué manera!

A la mañana siguiente, Julio nos explicó lo que había pasado la tarde anterior en *La Loca Carpintería de Ricardo*:

—De repente comenzó a oler mal. Era un olor insoportable que no sabíamos de dónde podía venir. Tal vez se rompió algún desagüe. Cuando nosotros empezábamos a temer que la clientela se marchase, alguien gritó: «¡Es fabuloso y repugnante! ¡Sois geniales! ¡Nunca había estado en un sitio tan original!». ¡No os podéis imaginar el éxito que tuvo aquel pestazo! Creo que en unos minutos se vaciaron los bares de la zona. Todo el mundo quería oler *La Loca Carpintería de Ricardo*.

—Estáis locos —dije, pero lo dije tan bajo que nadie me oyó.

—Eso ha significado que la recaudación ha sido diez veces mayor de lo habitual —concluyó Julio con un gesto de orgullo reflejado en su rostro—. ¿Os dais cuenta? ¡Diez veces mayor!

—¡Diez veces mayor! —repitió mi hermana de forma mecánica.

Yo me sentía completamente derrotado y, además, completamente ridículo. Me marché al salón y me dejé caer a lo largo en el sofá de piel que acabábamos de comprar. Mi padre, frente a mí, rebuscaba por una estantería llena de cintas de vídeo. Al sentirme, se volvió.

—¿Qué partido era ese que quería ver el padre de tu amigo?

—Ya se me ha olvidado —le respondí.

—Creo recordar que me dijiste Inter de Milán contra Real Madrid —mi padre se volvió con una cinta de vídeo en la mano—. Toma, tal vez sea éste.

Yo me incorporé un poco en el sofá, me quedé mirando a mi padre y le dije:

—Yo te puedo facilitar la fórmula del olor repugnante. Así podrás conseguir que todas las tardes se llene *La Loca Carpintería de Ricardo*.

Entonces mi padre se quedó inmóvil, como si de repente se hubiese convertido en estatua. Me miró fijamente unos segundos y luego bajó la mirada. Pude comprobar que toda su cara enrojecía de vergüenza.

Y yo me arrepentí de haber dicho aquello, Juanjo. Te aseguro que me arrepentí un segundo después de haberlo dicho. Me resultaba insoportable ver a mi padre en aquel estado y, lo que era peor, incapaz de reaccionar.

Pero ¿por qué estaba mi padre en aquel estado? ¿Por qué era incapaz de reaccionar aunque se le cayese la cara de vergüenza delante de su propio hijo? Sí, ya sé que los adultos actúan a veces de manera extraña. Pero si hay algo que no puedo entender es que los pensamientos de una persona no coincidan con sus actos. ¿Cómo dices, Juanjo...? ¿Que suele ser frecuente? Pues yo nunca lo entenderé. Y en aquellos momentos lo entendía menos aún.

Mi padre me había transmitido desde que era muy pequeño su forma de ver las cosas, su idea del mundo, de lo que era bueno y de lo que era malo... Pero, de repente, todo ese orden que yo me había ido formando en la cabeza saltaba en pedazos.

Te pondré un ejemplo que me quitaba el sueño: si mi padre pensaba que los menores no deben beber alcohol, ¿por qué él mismo se lo servía en *La Loca Carpintería de Ricardo*? ¿Y por qué mantenía un negocio que no le gustaba nada y que además le estaba amargando la vida?

¡Sí, Juanjo! ¡Estoy seguro de que *La Loca Carpintería de Ricardo* le estaba amargando la vida a mi padre! ¡Completamente seguro!

El día del cumpleaños de mi hermana Conchi se reunió toda la familia en casa. Ya te lo imaginarás, Juanjo: mis abuelos paternos, mis abuelos maternos, mi tío Jacinto, mi tía Elvira, mi prima Raquel... Como la casa nueva era muy grande, había sitio para todos y no teníamos que pasar las apre-

turas que pasábamos en la antigua cuando cele-
brábamos algo.

Creo que mi hermano lo hizo a propósito. Me
refiero a que Julio esperó a que estuviésemos todos
reunidos para sacar un gran cartel que él mismo
había pintado. No quiso enseñar el cartel directamente a mi padre; sabía que iba a necesitar el apo-
yo de la familia y, en especial, de mi tío Jacinto, y
por eso lo había mantenido guardado hasta ese
día. ¡Ah...! No te he dicho lo que ponía en el cartel.
Pues ponía lo siguiente:

CELEBRA TUS SUSPENSOS EN
LA LOCA CARPINTERÍA DE RICARDO
¡¡¡UNA CONSUMICIÓN GRATIS POR CADA
SUSPENSO!!!
IMPRESCINDIBLE ENSEÑAR LAS NOTAS
AL CAMARERO

Eso ponía el cartel, Juanjo. Mi hermano Julio sabía que mi padre se negaría a colocar ese cartel en
el bar, por eso lo sacó el día en que toda la familia
estaba reunida.

—Otros bares de la zona lo están haciendo ya
—lo justificó mi hermano—. No podemos quedar-
nos atrás.

—Es una buena idea —se apresuró a decir mi
tío Jacinto.

—¡Es intolerable! —dijo mi padre de forma rotunda.

Se hizo el silencio durante unos instantes, pero enseguida mis abuelos, como si se hubieran puesto de acuerdo, comenzaron a quitar importancia a la propuesta de Julio.

—En realidad, es una chiquillada —dijo mi abuelo Benito.

—Pues claro, son cosas de la gente joven —continuó mi abuelo Diego, el chusquero—. Y si tienes un bar de copas para gente joven, tienes que amoldarte a ellos.

—Y si otros lo están haciendo ya...

—Hay que verlo por el lado de broma que el asunto tiene.

—Naturalmente.

¿A ti te parece una broma, Juanjo? A mí tampoco. ¿Mi padre...? Pues mi padre al principio no cedió.

—¡He dicho que no y es que no! —repetía—. ¡Por ahí no paso!

—Puedes perder clientela —le advirtió enseguida mi tío Jacinto—. Si otros bares lo hacen, tú no deberías ni pensarlo. Es más, yo trataría de superar a los demás bares. ¿Qué te parece si al que presente más de tres suspensos se le dobla la invitación, y al que saque más de cinco, se le triplica?

—¡Guau! —gritó mi hermano—. ¡Qué idea has tenido, tío Jacinto!

—¡Haré pedazos ese cartel! —amenazó mi padre—. ¡Y no me importa quedarme sin clientes!

—No te tomes las cosas por la tremenda, hijo mío —habló mi abuelo Benito—, que es malo para la tensión.

Con altibajos, la discusión duró casi toda la tarde. Mi prima Raquel y yo nos salimos a la terraza y permanecimos ajenos a ella. Recuerdo que hicimos una apuesta. Sí, una apuesta. No apostamos dinero ni nada, sólo se trataba de saber quién de los dos adivinaría el destino del famoso cartel de mi hermano.

—Mañana estará colgado de la puerta de *La Loca Carpintería de Ricardo* —dijo mi prima Raquel.

—Imposible —dije yo—. Mi padre no lo consentirá de ninguna manera.

—Pues yo te digo que sí.

—Y yo te digo que no.

¿Quieres saber quién ganó la apuesta, Juanjo? ¿No te lo imaginas? Pues la ganó mi prima Raquel.

Yo no podía creérmelo, y por eso al día siguiente, después del colegio, me dirigí hasta *La Loca Carpintería de Ricardo*. Y allí estaba ese cartel, colgado de la puerta. Me quedé como paralizado, mirándolo, casi sin poder creérmelo.

Me hicieron reaccionar Germán y Vanesa, un chico y una chica de mi colegio, de la clase de los mayores. No sé los años que tendrán, pero por el curso en que están, alrededor de catorce. Ellos iban derechitos al bar, con la papeleta de calificaciones en la mano.

—Tu padre se va a arruinar con nosotros —dijo Germán, y me mostró su papeleta—. Mira bien, seis suspensos.

—Y mira las mías —Vanesa también me mostró su papeleta—. Otros seis suspensos. Germán y yo hemos empatado.

—Eso significa invitación triple para los dos.

—Coincidimos en todo, por eso nos llevamos tan bien.

Sí, Juanjo, al final mi hermano había rectificado el cartel, siguiendo los consejos de mi tío, y al que pasaba de cinco suspensos se le triplicaba la invitación.

Yo sentí mucha vergüenza. Estaba allí, delante de la puerta de *La Loca Carpintería de Ricardo*, y me sentía muy mal, como si también tuviese culpa de ello. Por un instante, pensé entrar en el local y preguntarle a mi padre que por qué se había dejado convencer una vez más; pero lo único que hice fue echar a correr y marcharme de allí.

Aquella noche no pude dormir, Juanjo; pero no creas que fue el famoso cartel el que me quitó el sueño. ¡Qué va! Aquella noche mi padre y mi hermano estaban en el bar, supongo que muy atareados, sirviendo copas a todos los gandules de los colegios e institutos del barrio. Mi madre se había marchado con mi tía Elvira a un pase de modelos; sí, ella tenía muchas ganas de ir a uno de esos sitios en que chicas y chicos desfilan por una pasarela vestidos con ropas muy modernas.

Así que yo estaba solo en casa. A mí no me importa estar solo en casa: no me aburro ni me da miedo. Ahora que lo pienso, creo que hasta me gusta estar solo en casa. Abrí el frigorífico y me preparé algo para cenar. Luego, cogí el libro que estaba leyendo y me fui al salón. Me tumbé sobre el sofá, con la cabeza apoyada en uno de los brazos, al lado de una pequeña lámpara que da una luz muy buena para leer.

Entonces se me ocurrió mirar el reloj de pared y me fijé en la hora. Era tarde. Mi hermana Conchi ya debería estar en casa. Nunca se retrasaba tanto.

Preocupado por el retraso de mi hermana, comencé a leer el libro; pero a pesar de que se trataba de un libro muy interesante no lograba concentrarme y tenía que dar marcha atrás una y otra vez y releer cosas que ya había leído. De vez en cuando, miraba el reloj de pared...

¿Ya es la hora? ¡No me digas que voy a tener que volver otro día! ¡Y yo que pensaba que hoy sería el último! Pero... ¿no quieres saber lo que pasó con mi hermana Conchi? ¿Sí? Pues entonces me quedo un rato más y acabo de contarte todo. ¡Ah...! Que no puedes... Claro, ya comprendo, tienes clientes, digo... pacientes esperando y no es conveniente hacerles esperar demasiado. Se enfadan.

Oye, Juanjo, ¿no vas a decirme hoy lo que cobra un psicólogo por cada sesión? ¡Eh! ¿Y por qué no te parece de buen gusto? Supongo que cuando les pases la factura a mis padres no tendrás tantos remilgos.

Sí, sí... Perdona, Juanjo. De verdad, no quería molestarte. Yo reconozco que a veces me pongo un poco impertinente. Me lo han dicho muchas veces. Te aseguro que ya no te lo preguntaré más. Y también te aseguro una cosa: la semana que viene será la última. Ya lo verás.

Bueno..., adiós, Juanjo, que tus clientes, digo... pacientes se van a impacientar.

5 *Quinta semana*

HOLA, Juanjo. Aquí estoy de nuevo. Si no te importa, en esta ocasión iré directamente al grano. No es que tenga prisa, pero me gustaría acabar de una vez con estas sesiones. Prefiero que me sobre tiempo al final a que me falte. Ya sé que es el psicólogo quien debe decir cuándo su paciente está curado. Pero es que yo, de antemano, te aseguro que estoy curado. Te lo dije el primer día: soy un chico normal y corriente, sin ningún problema, sin ningún complejo, sin ningún trauma... Además, anoche hablé del asunto con mi padre:

—Cuando fui al psicólogo el primer día, él me dijo que debía contarle con detalle todo lo que había sucedido, desde el principio hasta el final.

—Y tú, ¿se lo has contado? —me preguntó mi padre.

—Pues claro. Mañana pienso terminar.

—¿Qué problema hay entonces?

—Por ahora ninguno. Pero lo que quiero decirte es que, cuando mañana termine mi relato, no pienso volver a esa consulta. Si lo que tenía que hacer era contarle todo lo sucedido, mi misión habrá terminado.

—Me parece correcto.

Eso dijo mi padre, Juanjo, que le parecía correcto. Así que no volveré por aquí. Y no es que tenga nada contra ti. Al contrario, me caes bien; pero me parece una pérdida de tiempo venir todas las semanas y pasarme una hora entera hablando como un papagayo. Espero que lo entiendas.

Empezaré cuanto antes: la semana pasada nos quedamos en el momento en que yo me encontraba solo en casa, algo preocupado por el retraso de mi hermana Conchi. No podía apartar la vista del reloj de pared e iba contando los minutos, e incluso los segundos. ¿Lo recuerdas, Juanjo? Pues..., de pronto, oí que la puerta de la calle se abría y volvía a cerrarse. Respiré profundamente. ¡Por fin mi hermana estaba en casa!

Aunque había llegado mucho después de la hora que le aconsejaban mis padres, yo le guardaría el secreto. No soy un chivato repelente capaz de acusar a su propia hermana. Cerré el libro, dibujé una sonrisa en mi boca y miré hacia la puerta del salón que comunica con el pasillo, por donde de un momento a otro debería aparecer mi hermana Conchi.

Al cabo de unos tres minutos, y cuando ya comenzaba a extrañarme por lo que estaba tardando en llegar al salón, oí algo que me sobresaltó; era un estruendo enorme, como si un objeto hubiese caído y se hubiese hecho pedazos contra el suelo.

Me levanté de un salto del sofá y corrí hacia el pasillo. Lo que vi me dejó petrificado durante un buen rato: mi hermana Conchi estaba tirada en el suelo cuan larga era, junto a un mueble que hay en la entrada. Y en su caída había arrastrado un enorme jarrón de porcelana, cuyos restos estaban desparramados por el suelo.

Corrí hacia ella pensando que estaba realmente enferma, me agaché a su lado y le cogí la cabeza entre mis manos.

—¡Conchi! —grité horrorizado.

Mi hermana abrió entonces los ojos y se quedó mirándome, luego me sonrió.

—Hola, Tomi —me dijo—. No sé... no sé con qué he tropezado, pero... pero me he caído, sí, me he caído... Anda, ayúdame a levantarme.

No fue difícil adivinarlo, Juanjo. Enseguida comprendí lo que le pasaba a mi hermana: estaba borracha. Se trababa constantemente al hablar, su cuerpo parecía un saco de patatas y además su aliento apestaba a bebida.

—Agárrate a mí, te llevaré a tu habitación —le dije—. Será mejor que te acuestes enseguida.

Pero al tercer paso, se contrajo con brusquedad y vomitó.

Prefiero no entrar en detalles, Juanjo. Puedes imaginártelo todo. Yo tuve que llevarla hasta el cuarto de baño, quitarle la ropa que se había manchado y lavarle la cara y los brazos con agua fría para que se espabilase un poco. Luego, la llevé a su habitación y la acosté.

Después, y para que mis padres no notasen nada, tuve que limpiar el suelo, recoger los pedazos del jarrón e incluso lavar la ropa de Conchi. Cuando terminé estas labores, abrí un rato las ventanas y vacié por el pasillo un ambientador con olor a «pino salvaje». Y todo esto, como podrás imaginarte, lo hice a la carrera, pues no disponía de mucho tiempo. Mi madre podía regresar del desfile de modelos de un momento a otro.

Cuando había conseguido restablecer el orden, entré en la habitación de Conchi y me acerqué a su cama. Se encontraba mucho mejor.

—Pero ¿qué te ha sucedido? —le pregunté.

—No digas nada, Tomi. Por favor, no digas nada —ella estaba muy asustada.

—No te preocupes, no diré nada.

—Esta tarde... hemos entrado en un bar de moda y... hemos empezado en broma, pero... ¡Buf!

Me ha sentado fatal. ¡Pero, por favor, Tomi, no digas nada!

—Que no.

Aquella noche no pude dormir, Juanjo. Creo que ha sido la primera noche de mi vida que he pasado en vela, y espero que sea la última. ¡Se pasa fatal!

Llevaría por lo menos una hora en la cama, dando vueltas de un lado para otro, cuando sentí llegar a mi madre. Oí sus pasos inconfundibles por el pasillo y seguí con atención sus movimientos. No hizo ningún comentario en voz alta. ¡Estaba de suerte! Eso quería decir que no había notado nada raro: ni mal olor, ni la ausencia del jarrón... Sin duda, yo había hecho un buen trabajo.

La sentí moverse en su cuarto, luego en el lavabo; por último, percibí que sus pasos se dirigían a mi habitación y me hice el dormido. Ella echó un vistazo desde la puerta y lo mismo hizo en la habitación de mi hermana. Por último, se acostó.

Varias horas después, de madrugada, llegaron mi padre y mi hermano Julio. Apenas cruzaron un par de palabras y enseguida se fueron a dormir. Estaba claro que habían trabajado de firme en *La Loca Carpintería de Ricardo*.

Y así, llegó un momento en que todo el mundo dormía en mi casa, todos menos yo, que no conseguía pegar ojo. Pensaba en Julio, que había dejado los estudios para convertirse en camarero, aunque él prefería llamarse empresario; pensaba en Conchi, que se había emborrachado en algún bar similar a *La Loca Carpintería de Ricardo*; pensaba en mi madre, en mi padre, en mis abuelos, en mis tíos, en mi prima Raquel...

Con mi prima Raquel hablé al día siguiente, mientras jugábamos una partida de ajedrez. Le conté todo lo sucedido y ella me escuchó con atención. Al final, negó un par de veces con la cabeza.

—No se lo contarás a tus padres, ¿verdad? —me preguntó después de mover un alfil.

—No —respondí—. Además, no serviría de nada. Explícame tú de qué manera el dueño de un bar de copas para jóvenes podría reprender a su hija por haber bebido más de la cuenta en un bar de copas para jóvenes.

—Entonces, ¿qué harás?

—No lo sé. Me gustaría hacer algo, pero no sé qué.

—Podemos pensar alguna cosa.

Entonces, Juanjo, de repente se me ocurrió una idea. Me pareció una idea sencilla y estupenda.

—¡Ya lo tengo! —le grité a mi prima—. Lo denunciaremos a la policía.

—¿Denunciar...? ¿A quién? —se sorprendió Raquel.

—A mi padre —continué con seguridad—. Es decir, a *La Loca Carpintería de Ricardo*. Telefonearemos a la policía y les diremos que en el bar entran menores de edad que consumen bebidas alcohólicas.

—Pero piensa que a lo mejor le ponen una multa a tu padre.

—No me importa.

Sí, Juanjo, sí... Claro que pusimos esa denuncia. Fue Raquel la que telefoneó a la policía. Puso la voz un poco ronca para parecer mayor y les dio el nombre y la dirección del bar. ¿Quieres saber lo que pasó después...? Creo que ha sido uno de los fracasos más escandalosos de mi vida.

Julio se encargó de contárnoslo a todos al día siguiente, a la hora de comer. Era lunes, y los lunes cerraba por descanso *La Loca Carpintería de Ricardo*; los lunes solíamos comer todos juntos. De repente, y con la boca llena, Julio comenzó a reírse; parecía que le había dado un ataque de risa.

—Anoche nos hicieron una visita una pareja de polis. ¡Ja, ja, ja...! —dijo sin poder contenerse—. Por lo visto, alguien nos ha denunciado por dejar entrar en *La Loca Carpintería de Ricardo* a menores de edad. ¡Ja, ja, ja...!

—No le veo la gracia —comenté yo, sin comprender la actitud de mi hermano.

—Eran dos polis jóvenes —continuó mi hermano sin inmutarse—. Nos pidieron los papeles y echaron un vistazo por el bar. ¡Ja, ja, ja...!

—¿Y qué pasó?

—¡Nos dijeron que no habían visto un sitio tan original en su vida! ¡Les encantó! ¡Ja, ja, ja...! Nos dijeron también que volverían otro día, cuando no estuvieran de servicio, para tomarse unas copas y disfrutar del ambiente, y que traerían a otros compañeros. ¡La persona que nos denunció nos ha facilitado nuevos clientes! ¡Ja, ja, ja...!

No pude soportarlo y me levanté de la mesa.

—¿Adónde vas, Tomás? —me preguntó mi madre.

—No tengo hambre —respondí.

Como en otras ocasiones, me dejé caer sobre el sofá del salón, frente al televisor apagado. Mil pensamientos me daban vueltas a la vez por la cabeza y me creaban un barullo tremendo, un barullo que se mezclaba con la rabia que sentía en aquellos instantes. Desde el comedor seguían llegándome las risas de mi hermano.

Pensaba que yo era un verdadero bicho raro, y lo pensaba porque me daba cuenta de que era el único de mi familia que no sabía adaptarse a la nueva situación. Estaba claro que las cosas habían cambiado desde el momento en que mi padre decidió convertir su humilde carpintería en *La Loca Carpintería de Ricardo*. Como había vaticinado mi prima Raquel, nos habíamos hecho ricos, y ser ricos es la aspiración de la mayor parte de la gente. Entonces... ¿por qué me costaba tanto trabajo acostumbrarme a ser un niño rico?

Estas ideas, Juanjo, no podía apartarlas de mi cabeza. En realidad, no me importaba ser rico. El problema era otro: yo había aprendido a ver el mundo tal y como mis padres me habían enseñado y, a pesar de que soy pequeño todavía, había comprendido que hay cosas justas y razonables y otras que sólo merecen nuestro desprecio. También había comprendido que no se puede tener la conciencia tranquila si uno hace lo contrario de lo que piensa. Y para hacernos ricos, y tener un BMW último modelo, y un gran piso en un barrio caro, y ropa de marca, y un montón de cosas más..., mi familia estaba haciendo cosas que sólo unos meses antes me hubieran parecido imposibles.

Pero si los demás habían cambiado, ¿por qué no cambiaba yo también? Ésa era la pregunta que más me atormentaba, Juanjo. ¿Por qué no me ponía una venda en los ojos y me dedicaba a disfrutar como cualquier otro niño rico? Ser rico, al fin y al cabo, significaba también que podría conseguir más fácilmente mis propósitos de ser ingeniero y escritor. Dicen que con dinero todo es mucho más fácil.

Mi padre entró en el salón y se sentó en uno de los sillones, frente a mí.

—Es raro que no tengas hambre —me dijo—. ¿No estarás enfermo?

—No —le respondí con seguridad—. Estoy muy bien.

Luego, se produjo un largo silencio. Mi padre cogió el periódico que estaba sobre una mesita y comenzó a leerlo. Yo observaba con atención todos sus movimientos: cómo pasaba las hojas, cómo movía ligeramente la cabeza, cómo arqueaba las cejas... De repente, mi padre bajó un poco el periódico y me miró. Y como yo le estaba mirando a él, nuestras miradas quedaron fundidas. Parecía como si un imán misterioso las hubiera juntado y ninguno de los dos fuese capaz de separarlas, a pesar de que para ello bastaría un leve gesto, como volver la cabeza, o simplemente parpadear.

Así permanecimos mucho tiempo. No sé cuánto, Juanjo, pero te aseguro que mucho.

¿Tú crees que dos personas pueden comunicarse sin decirse una sola palabra, sólo con la mirada? Pues eso fue lo que ocurrió entre nosotros. En los ojos de mi padre, en su mirada, descubrí sus pensamientos: él tampoco era feliz, a pesar de haberse convertido en un hombre rico.

¿Que cómo pude saberlo...? ¡Estoy seguro, Juanjo! ¡Estoy completamente seguro!

Me levanté del sofá y me encerré un instante en mi habitación. Necesitaba estar solo, completamente solo; pero no cinco minutos, o diez. Necesitaba estar mucho tiempo solo, tal vez toda la tarde, o quizá varios días, o semanas, o meses. Recordaba a ese personaje llamado Robinson Crusoe, que tuvo que vivir mucho tiempo solo en una isla desierta; lo recordaba y me daba envidia.

No, Juanjo, no he leído ese libro; pero ¿quién no ha oído hablar de Robinson Crusoe? El libro está en mi casa, se lo compró mi padre cuando era joven porque le gustaba mucho leer libros de aventuras. Yo intenté leerlo el año pasado, pero entonces me pareció un libro demasiado gordo: tiene más de seiscientas páginas y ni un solo dibujo. Pero creo que lo leeré pronto, ya no me asustan los libros gordos y sin dibujos.

Sabía que en mi cuarto no podría sentirme Robinson Crusoe durante mucho tiempo; de un momento a otro entraría mi madre para decirme que era la hora de volver al colegio. Por eso, cogí mi mochila llena de libros y, con ella a la espalda, me dispuse a salir a la calle.

—A lo mejor me retraso un poco esta tarde —le dije a mi madre—. Tenemos que hacer un trabajo y he pensado pasarme por la biblioteca para consultar algunos libros.

—Te preparé entonces un bocadillo —me respondió ella—. Has comido muy poco.

—Déjalo, se me hace tarde.

Entonces mi madre cogió su monedero, sacó un billete y me lo dio.

—Toma, cómprate algo; pero que no sean chucherías.

Iba a rechazar el billete, pero lo pensé mejor y me lo guardé. Antes de *La Loca Carpintería de Ricardo* mi madre nunca me daba dinero; si tenía que merendar me preparaba un bocadillo, que envolvía con papel de aluminio y que yo guardaba en mi mochila, junto a mis libros y cuadernos. Supongo, Juanjo, que cuando las personas se hacen ricas cambian sus costumbres, y mi madre también estaba cambiando las suyas.

Me dirigí hacia la puerta de la calle y allí me detuve un instante. Sabía que en uno de los cajones del mueble que hay en el recibidor se encontraba un duplicado de las llaves de *La Loca Carpintería de Ricardo*. Miré hacia el pasillo y, como no vi a nadie, abrí con cuidado el mueble y cogí las llaves. Luego, volví a cerrarlo y salí de casa.

Cogí el autobús. Ya sabes, Juanjo, que para ir al colegio debo coger todos los días el autobús. Yo no quise cambiar de colegio cuando cambiamos de casa y, claro, no me queda más remedio... Pero no creas que me resulta pesado coger el autobús cuatro veces todos los días... Sí, cuatro veces. No me quedo a comer en el colegio porque mi madre dice que el precio del comedor es muy barato y que la comida no puede ser buena. A mí no me importaría. Yo no soy de esos que hacen ascos a la comida, me gusta todo.

¿Quieres que te diga una cosa, Juanjo? Yo creo que mi madre no me deja comer en el colegio para que me canse de coger todos los días cuatro veces el autobús y le proponga cambiar de colegio. Toda mi familia está deseando que cambie de colegio, y de academia de música, y de ropa, y hasta de mochila... ¡Y yo no quiero cambiar de nada! ¡Y estoy harto de que me lo repitan a todas horas!

No, Juanjo, si no estoy enfadado. Harto sí, pero no enfadado, y mucho menos contigo. Tú no tienes la culpa de nada.

Pues cogí el autobús como todos los días, pero no me bajé en la parada del colegio. No. Continué y me bajé en la siguiente. La siguiente es la que está justo enfrente de nuestra antigua casa. Me quedé un buen rato quieto en la acera, mirando las ventanas y la pequeña terraza del piso donde habíamos vivido tantos años. El piso ya no es nuestro, mis padres lo vendieron cuando se compraron el de ahora.

Vi cómo una mujer salía a la terraza y tendía ropa en una cuerda. Recordé entonces el día en que mi

padre instaló esa cuerda. La casa tiene un tende-
dero que da a un patio interior, pero mi madre se
quejaba porque decía que allí nunca daba el sol y
la ropa tardaba mucho en secarse. Por eso mi padre puso la cuerda en la terraza, como habían hecho casi todos los vecinos.

La mujer tendía ropa de niño. No sé por qué,
pero me imaginé que mi habitación había sido
ocupada por otro niño, y eso me alegró. Luego traté de recordar cómo eran todas las habitaciones de
la casa, y la cocina, y el cuarto de baño... Después,
eché a andar y me alejé.

No, no fui al colegio aquella tarde. ¿Por qué? No
lo sé. No tenía ganas, no me apetecía... ¿No te parece ése un motivo suficiente? Pues los mayores
cuando no tienen ganas de hacer una cosa no la
hacen y se quedan tan a gusto; sin embargo, los
niños tenemos que hacer muchas cosas, aunque
no nos apetezcan. Y si no las hacemos tenemos
que dar un montón de explicaciones y aguantar
broncas gordísimas.

¿No estás de acuerdo conmigo? Sí, claro, yo
también pienso que habría mucho que hablar sobre el tema; pero será mejor que siga con mi relato.

Continué caminando hasta que llegué a la puerta de *La Loca Carpintería de Ricardo*. Como era lunes

y cerraban todos los bares, la zona estaba casi desierta. Por eso me fue muy fácil abrir la puerta del local y entrar sin que nadie me viese. Después de entrar cerré la puerta por dentro. No quise encender las luces para no llamar la atención, el bar permanecía en penumbra, sólo iluminado por un poco de claridad que entraba por unos ventanucos que hay junto al techo.

¡No hice nada allí dentro, Juanjo! Sólo pasear de un lado a otro, mirar a todas partes, pensar y pensar... Sí, reconozco que se pensaba bien en aquel local grande y vacío.

¿Quieres saber las cosas que pensaba? Pues, verás, primero se me ocurrió una idea que... ¡Buf, qué idea! Pensé que podría provocar un incendio en el bar y destruirlo.

¿De qué te sorprendes, Juanjo? En aquellos momentos yo estaba convencido de que mi padre no era feliz por culpa de *La Loca Carpintería de Ricardo*. Llegué incluso a buscar una caja de cerillas y recuerdo que encendí una y me quedé mirando la llama, pero yo mismo soplé para apagarla.

También pensé en Robinson Crusoe. Me imaginaba que yo era Robinson y que estaba en una isla de la que no podía salir. Pero no era una isla en medio del mar, era, ¿cómo decirte?, una isla extraña que estaba donde yo estaba. Era una isla portátil, o algo así, que me acompañaba a todas partes. Era... como si yo mismo fuese esa isla. ¿Lo entiendes? ¿Sí? ¿Y por qué anotas tantas cosas en tu cuaderno?

Creo que no me importaba no poder salir de aquella isla, porque en realidad me encontraba a gusto dentro de ella, a pesar de que estaba completamente solo.

Bueno, Juanjo, me parece que no hace falta entrar en más detalles. Tú puedes imaginarte el resto perfectamente. Supongo que los psicólogos tenéis mucha imaginación. ¿O no hace falta imaginación para ser psicólogo? Yo no entiendo de esas cosas. Recuerda que lo que yo quiero ser de mayor es ingeniero y escritor.

¿Eh...? ¿Tú crees que para ser escritor viene bien saber algo de psicología? Pues nunca lo había pensado, pero ahora que lo dices... Creo que desde ahora me caerán mejor los psicólogos, tal vez algún día yo mismo me decida a estudiar un poco de psicología para tratar de comprender por qué algunas personas hacen lo contrario de lo que piensan. Sí, puede serme de utilidad para los libros que pienso escribir.

¡Menos mal que hoy he conseguido llegar hasta el final de la historia! ¡Así no tendré que volver otro día! ¡Y me han sobrado cinco minutos!

¿Eh? ¿Quieres saber más cosas? ¡Pero si ya te he contado todo, Juanjo! Pues claro, cuando se hizo de noche, salí de *La Loca Carpintería de Ricardo*, cogí el autobús y regresé a casa. ¡Por supuesto que volví al colegio al día siguiente!

¡Ah! Tú lo que quieres saber es lo de los cinco suspensos. Pues..., verás, Juanjo..., en realidad... En realidad lo hice a propósito. ¡No me digas que no lo entiendes bien! ¡Pues está muy claro! ¡Cuando digo a propósito quiero decir a propósito!

Si no fuera porque ya te conozco, pensaría que eres un poco tonto. Perdona, Juanjo, lo he dicho sin pensar. ¿No te ha molestado? ¡Menos mal!

No sé muy bien por qué lo hice. He oído decir que cuando alguien intenta muchas veces una cosa y nunca la consigue, siempre le queda el recurso del pataleo. ¿Tú has oído hablar del recurso del pataleo? ¿Sí? ¡Ya me lo suponía! Pues yo creo que en aquel momento lo único que me quedaba era el pataleo, y a mí se me ocurrió patalear así.

¿Es bueno el pataleo? No lo sabía. Sí, supongo que uno se desahoga; pero lo malo del pataleo es que no cambia las cosas. ¿Estás de acuerdo conmigo? Pues me alegro. Fíjate, a lo mejor acabamos estando de acuerdo en todo y siendo buenos amigos. No, si por mí no hay inconveniente. Ya te he dicho que me caes bien, y no te lo digo por cumplir.

¡Claro que no, Juanjo! ¡Puedes estar completamente seguro de que no volveré a sacar cinco suspensos! ¡Ni cinco ni cuatro ni tres ni dos ni uno!

Yo sigo queriendo ser ingeniero y escritor, y para eso hay que estudiar mucho, lo sé muy bien. Además, tengo la suerte de que me gusta estudiar y aprender cosas nuevas. Sí, fue una tontería suspender a propósito cinco asignaturas, sobre todo porque no ha servido para nada. Aunque, ahora que lo pienso, gracias a los suspensos nos hemos conocido tú y yo. Si algún día llegamos a ser buenos amigos, los suspensos habrán servido para algo. ¿Estás de acuerdo?

A los pocos días, un domingo que ella vino a comer a mi casa, mientras jugábamos una partida de ajedrez, hablé de los cinco suspensos con mi prima Raquel.

—Te enseñaré un nuevo ataque que he aprendido.

—De acuerdo, pero me pido las blancas.

Salí con uno de los peones centrales e inmediatamente mi prima movió uno de sus caballos.

—Creo que tus padres han decidido llevarte a un psicólogo —ella ya se había enterado.

—¿Y por qué?

—Por lo de los cinco suspensos.

—¡Pero si ha sido porque yo he querido! —me indigné—. ¡Lo hice a propósito!

—Los padres ricos, cuando los hijos no se comportan como ellos desean que se comporten, los llevan al psicólogo. Eso ya deberías saberlo —razonó Raquel.

—¡Pues yo no pienso comportarme siempre como mis padres quieran que me comporte! ¿Significa eso que tendré que pasarme la vida en el psicólogo?

—La respuesta es sí.

—¡Mierda!

Mi prima Raquel avanzó con el caballo, y ese movimiento me inquietó. ¿Qué estaría maquinando su mente?

—Jaque mate.

—¡Requetemierda!

Al día siguiente de aquella conversación con Raquel, cuando terminamos de comer y antes de levantarnos de la mesa, mi padre bebió un largo trago de agua y luego se aclaró la garganta emitiendo un extraño gruñido. Todos nos quedamos mirándole en silencio.

—Hemos comprado un local que estaba en venta, cerca de *La Loca Carpintería de Ricardo* —dijo—. Vamos a abrir un nuevo bar de copas. Julio se encargará de llevarlo, ya tiene experiencia y estoy seguro de que lo hará muy bien.

—¡Guau! —ladró mi hermano.

Pero antes de que la euforia deshiciese la reunión familiar, mi padre volvió a aclararse la garganta, emitiendo otro gruñido más estruendoso. No sé por qué, Juanjo, pero me imaginé a mi padre como un animal acorralado y herido que daba sus últimas bocanadas. Me miró fijamente y yo lo miré a él.

—Tendrás que ir desde mañana a la consulta de un psicólogo —me dijo.

—¿Y por qué? —pregunté.

—Es un psicólogo muy bueno, nos lo han recomendado tus tíos Jacinto y Elvira —añadió mi padre como un autómata.

Me dieron ganas de decirles todas las cosas que pasaban por mi mente en esos momentos, pero tuve la sensación de que mis palabras no servirían para nada. Por eso, sólo traté de dejar algunos puntos claros.

—¡Que conste que mi mente funciona a la perfección! —grité—. ¡No tengo complejos, ni problemas personales, ni trastornos, ni pesadillas...! ¡Tengo las ideas muy claras y de mayor seré ingeniero y...!

No me dio tiempo a terminar, Juanjo.

Mi madre y mi hermana se habían abrazado a Julio, quien se mostraba como loco de contento y daba unos ladridos que debieron de oírse en todo el barrio.

Mi padre había bajado la mirada y contemplaba la mondadura de una naranja que había sobre su plato.

Me convencí de que ya nada tenía remedio.

Al día siguiente vine por primera vez a tu consulta. ¿Recuerdas? Eso fue hace cinco semanas.

Es todo, Juanjo.

Índice